永军　著

元明戏曲小说研究

郑州大学出版社

图书在版编目(CIP)数据

元明戏曲小说研究/闵永军著. —郑州:郑州大学出版社,2020.8(2024.6重印)
ISBN 978-7-5645-6930-3

Ⅰ.①元… Ⅱ.①闵… Ⅲ.①古代戏曲-文学研究-中国-元代②古代戏曲-文学研究-中国-明代③古典小说-文学研究-中国-元代④古典小说-文学研究-中国-明代 Ⅳ.①I207.37②I207.41

中国版本图书馆 CIP 数据核字(2020)第 049067 号

郑州大学出版社出版发行

郑州市大学路 40 号　　　　　　邮政编码:450052
出版人:孙保营　　　　　　　　发行部电话:0371-66966070
全国新华书店经销
廊坊市印艺阁数字科技有限公司印制
开本:710 mm×1 010 mm　1/16
印张:10.75
字数:183 千字
版次:2020 年 8 月第 1 版　　　　印次:2024 年 6 月第 2 次印刷

书号:ISBN 978-7-5645-6930-3　　定价:68.00 元

本书如有印装质量问题,请向本社调换

作者简介

　　闵永军：女,(1979—)河南驻马店人,博士、副教授,现就职于黄淮学院文化传媒学院。2016年博士毕业于扬州大学中国古代文学专业,师从许建中先生;近年致力于元明戏曲小说的研究,在相关期刊发表论文二十来篇。

内容简介

　　《元明戏曲小说研究》是作者闵永军步入戏曲小说研究领域以来陆续完成的研究成果，撰写时间达十年之久。其内容归为两个部分：元明戏曲研究和小说研究。作者在具体篇章中，围绕明初朱权《太和正音谱》进行了一系列戏曲方面的研究，论述了朱权的曲学观、"杂剧十二科"的分类特征、《太和正音谱》曲评的得失及审美范畴及元明散曲"对式"论的演变，明代前期戏曲理论教化特征等元明戏曲、散曲的系列问题，从而较为系统地呈现了元至明初杂剧演变、散曲演变的简要历程。在小说研究方面，研究了史实意识、因果报应模式对古代小说创作的影响，以及明代文言小说家李昌祺的创作思想等相关问题。

目 录

◎ 戏曲篇 ◎

◎ 武曲文 ◎

论朱权的曲学观

　　朱权生于明初,是明太祖朱元璋第十七子,身为皇室成员,却悠游曲海,兼以韬晦养生。一生所作甚多,兼及道学、史学、音韵学、曲谱曲话,有杂剧创作十二种,今存《卓文君私奔相如》《冲漠子独步大罗天》两剧。所著《太和正音谱》是中国古代第一部较为完整的曲学理论著作,对以后的曲学理论有重要影响。《太和正音谱》集中体现了朱权的曲学观念,不仅反映了朱权对杂剧的认识,也有对于散曲文学创作的观念。这些见解既具有时代特色,也体现了朱权个人的独到创见。

一、戏曲观

　　明初太祖皇帝三十多年的创业,使海内宴然。在这样一个逐渐走向安定繁荣的社会大背景下,朱权和其他皇室成员一样,面对元代戏曲的全盛,采取了宽容的态度,他们重新认识了戏曲的地位和作用,给予戏曲充分的肯定和尊重,并且亲自投身戏曲的制作。朱权创作杂剧十二种,朱有燉则有三十多种剧作。

(一)始"激赏"元剧

　　几千年来,传统的儒家思想及其价值体系,一直影响并统治着人们的头脑,在中国封建社会里始终占统治地位,"文以载道""文以明道"的功利主义文学观念和视诗文史传为文学雅正传统、视小说戏曲等民间通俗文艺为小道末技的观念根深蒂固。中国的戏剧从唐宋初步萌芽并形成,到元代蔚为大观、全面成熟,并呈现出勃勃生机。然而,元杂剧的价值却一直不被元代文人所重视,其地位一直很低下。元人把杂剧称为"传奇",试图将元杂剧提高到与唐人传奇同样高的地位,但元代正统文人贬低、轻视杂剧的观念仍不可动摇。元代人孔齐《至正直记》卷三中引述过当时曲家虞集的论曲意见:

尝论一代之兴，必有一代之绝艺足称于后世者。汉之文章，唐之律学，宋之道学。国朝之今乐府，亦关于气数音律之盛。其所谓杂剧者，虽曰本于梨园之戏，中间多以古史编成，包含讽谏，有深意焉，亦不失为美刺之一端也①。

他认为元代之绝艺为散曲（今乐府），而杂剧只因为其"包含讽谏"，有"美刺"作用，才给予承认。这种看法虽对杂剧还留有些许保留的余地，但明显带有重散曲而轻杂剧的倾向。元末诗人杨维桢的意见，则相当决绝，他在《沈氏今乐府序》中，认为杂剧：

缀于君臣夫妇仙释氏之典故，以警人视听，使痴儿女知有古今美恶成败之观惩，则出于关（汉卿）庾（吉甫）氏传奇之变。或者以为治世之音，则辱国甚矣②。

在杨维桢看来，杂剧只是下里巴人之音，对"痴儿女"有一定的教育作用；如果以为是治世之音，即使出于关汉卿那样的大手笔，也是国之大耻。虞集和杨维桢都是当时的文坛巨擘，都有相当的社会影响，他们对元剧的看法，当然有很大的代表性。这种认识集中反映了元代统治阶级的上层文人对通俗文艺，尤其是杂剧的历史偏见。然而，历史的发展到了明朝，传统的文学观念渐趋转变。尽管囿于传统，仍将戏曲艺术作为"风化""载道"的工具，在儒家功利主义立场肯定和高扬戏曲的文学价值，但我们不能忽视明人对戏曲的社会价值、功利意义的阐述，以及对提高戏曲的文学地位所起到的巨大作用③。明朝开国君主朱元璋，以及朱权、朱有燉等人作为明朝的统治阶层，他们对戏曲的关注无疑会对

① 宁希元."元曲四大家"考辨[M]//叶开沅.戏曲论丛（第二辑）.兰州:兰州大学出版社,1989.
② 杨维桢.沈氏今乐府序[M]//陶秋英.宋金元文论选.北京:人民文学出版社,1984.
③ 李金松.明人推尊戏曲及其文学观念的转变[J].福建师范大学学报（哲学社会科学版）,1998:04.

戏曲地位的提高起到举足轻重的作用,在社会上势必形成"上有所好,下有甚焉"的泱泱繁盛局面。明朝初期,朱元璋曾颁布了一系列限制戏曲演出的律令,但是他更懂得利用戏曲来巩固他的统治。张久可,号"小山",明李开先《张小山乐府序》中载:

> 洪武初年,亲王之国,必以词曲千七百本赐之①。

对于认为能符合其政治要求的作品,则给予大力提倡,奉为典范。他对高则诚的《琵琶记》做了高度赞扬:

> 我高皇帝即位,闻其名,使使征之,则诚佯狂不出,高皇不复强。亡何,卒。时有以《琵琶记》进呈者,高皇笑曰:"五经、四书,布、帛、菽、粟也,家家皆有;高明《琵琶记》,如山珍、海错,富贵家不可无。"既而曰:"惜哉,以宫锦而制鞵也!"由是日令优人进演②。

明太祖把《琵琶记》提高到与四书五经同等的地位,足见他对这个剧本的重视。朱元璋以帝王的身份,从维护自己的封建统治出发,肯定了《琵琶记》在社会生活中对维系封建伦理道德起着不可缺少的作用。虽然他关心戏曲的社会价值甚于戏曲本身,但他对《琵琶记》的推崇,却有着深远的意义,影响了当时及此后的文人士大夫对戏曲的态度和价值判断,而且,朱元璋把《琵琶记》同四书五经相提并论,有力地冲击了历来鄙视戏曲的正统文学观念,启迪了此后戏曲批评家对戏曲存在价值的确认。

朱权承续了这种观念,明确地在自己的曲论巨著《太和正音谱》中集中表达了他对戏曲的认识,从儒家的"治世之音,安以乐,其政和"的诗教传统出发,把"太平之盛""礼乐之和""人心之和"统一起来,认为"声音之感于人心大矣",并进而认为"杂剧者,太平之盛事,非太平则无以出",强调了戏曲反映社会现实、

---

① 王国维.宋元戏曲史·人间词话[M].沈阳:万卷出版公司,2015:86.

② 徐渭.南词叙录[M]//中国戏曲研究院.中国古典戏曲论著集成(三).北京:中国戏剧出版社,1959.

粉饰太平的功用,把杂剧看作太平盛世必不可少的点缀。这虽然也是关注戏曲的功利作用,但与元代文人仇视俗文艺、仇视杂剧,视之为"国之大耻"的观念有了霄壤之别,而且,朱权本人躬身杂剧创作,有十二种杂剧作品面世,这些剧作不能不对当时的戏曲创作产生激发作用。在《太和正音谱》中有"杂剧十二科",为杂剧分科别类;在"乐府三百三十五章",首次厘定了北曲曲谱,不仅使散曲创作有了曲谱指导,而且使戏曲创作有了规范的曲谱体系;在"群英所编杂剧"部分,记录杂剧剧目,保存了大批杂剧剧目。朱权对杂剧的理论总结,对戏曲创作的认同和重视,引导了晚明时期戏曲理论的开展,有力地冲击了鄙视杂剧的偏见。王国维曾说:"元杂剧为一代之绝作,元人未之知也。明之文人始激赏之。"(王国维,1998)明人的激赏,当以朱权始。明初,朱权等人对杂剧偏见的反驳,对杂剧社会价值的肯定与高扬,以及对杂剧创作的理论总结,无疑提高了杂剧的社会地位,为明中叶后的戏曲理论批评家关注并充分赞扬元杂剧提供了一个良好的开端,奠定了极好的理论基础。

(二)重视剧本创作

元代杂剧艺术极盛,戏曲剧本作为一种独立的文学体裁,正日趋完善成熟,它逐步完成了由叙事体向代言体的过渡,而且在情节结构、矛盾冲突组织、人物形象的塑造,以及言语修辞等方面,也都比较明显地显示出自己的特点。随着对戏剧各门艺术研究的深入,如对剧场、舞台的记录,对演员的记录等,戏剧理论家们开始认识到剧本创作对舞台表演的决定作用。在《太和正音谱》中,朱权写道:

> 杂剧,俳优所扮者,谓之"娼戏",故曰"勾栏"。子昂赵先生曰:"良家子弟所扮杂剧,谓之'行家生活',娼优所扮者,谓之'戾家把戏'。良人贵其耻,故扮者寡,今少矣,反以娼优扮者谓之'行家',失之远也。"或问其何故哉?则应之曰:"杂剧出于鸿儒硕士、骚人墨客所作,皆良人也。若非我辈所作,娼优岂能扮乎?推其本而明其理,故以为'戾家'也"。关汉卿曰:"非是他当行本事,我家生活,他不过为奴隶之役,供笑献勤,以奉我辈耳。子弟所扮,是我一家风月。"虽是戏言,亦合于理,故取之。

朱权引述赵子昂和关汉卿的话,以为"亦合于理",说明他对二人观点的赞同。对于剧本重要性的这个"理",已经有了相当自觉而明确的认识。文中称杂剧作者为"鸿儒硕士""骚人墨客",演员仅是按照剧作家的剧本来表演,"若非我辈所作,娼优岂能扮乎?"云云,包含了剧本对于舞台演出至关重要的认识。朱权第一次正式提出剧本重要性的问题,认识到剧本是整个演剧过程的基础与主导。此前,元代的戏剧理论著作,或偏于记述演出活动、观众及剧场、演员,如《青楼集》;或侧重戏曲演唱,如《唱论》;或专注戏曲史料,如《录鬼簿》;或旨在音韵、声律,如《中原音韵》;等等。但对剧本重要性的关注,标志着人们对戏剧文学这一独特文体的关注和体认,在戏剧史上有着重要意义。

然而,朱权作为一位皇室贵族戏曲家,在其思想中不免时时流露出轻视艺人的思想倾向,如引述赵子昂的话"良家子弟所扮者,谓之'行家生活',娼优所扮者,谓之'戾家把戏'",贬低俳优,贬低艺人,并在"群英所编杂剧"一章末尾单列"娼夫步入群英四人"。他抛弃了《录鬼簿》把艺人作家与文人作家同等对待的平民精神,对艺人作家的创作进行贬低,"娼夫之词,名曰'绿巾词'",认为"其词虽有切者,亦不可以乐府称也,故入于娼夫之列",朱权这种轻视艺人的贵族立场,是不可取的,在肯定朱权杂剧观念的进步意义时,也不能忽视它的贵族立场的局限性。

二、"乐府"观

"乐府"即散曲①。朱权作为皇室贵族,本身具有较高的文化修养,这使他对于散曲文学的要求打上了个人作为上层文人的审美趣味。

(一)有文章者谓之"乐府"

朱权以自己的审美理想对散曲创作提出了自己的要求:要有文采,注重修饰之美。朱权引用周德清《中原音韵》"作词十法"对乐府的论述,表达了自己的观点:

---

① 闵永军.太和正音谱中"乐府"一词含义辨析[J].世纪桥,2007(10):7.

凡作乐府,古人云:有文章者谓之"乐府";如无文饰者,谓之"俚歌",不可与乐府共论也。

文章即文饰、文彩之意,要求散曲的文辞典雅,反对俚俗质朴。从这一审美观念出发,朱权在"群英乐府格势"中品评元散曲家作品时,对马致远、张小山等人的曲作给予了较高评价,把二人列为诸家之首,推崇其词典雅清丽:"马东篱之词,如朝阳鸣凤。其词典雅清丽""张久可之词,如瑶天笙鹤。其词清而且丽";相反,对于一代名家关汉卿则不甚赞许,"观其词语,乃可上可下之才",把关汉卿的本色之作看作"可下"之才①。在元散曲发展史上,马致远、张久可的作品是散曲趋向典雅化、文人化的代表,朱权对他们的推崇表现了他作为上层文人的审美趣味。

朱权对散曲典雅化的要求,也是散曲创作日益走向文人化的必然反映。一种文体,由最初的朴素本色,生机活泼,到脱离民间,走向贵族化、文人化,在这一过程中,必然反映到相应的理论批评领域中来。生机勃勃的散曲到元末,已渐脱离了本色质朴、豪爽瀚灏、酣畅淋漓的本质,日益向词靠拢,文人气味日益浓厚,朱权的总结亦是元代散曲发展的结果。

(二)"字有舛讹,不伤音律"

朱权本人博学多识,精通音律,谙于作曲,明腔识谱,曾作韵书《务头集韵》一部。从他自己的创作和认识出发,朱权提出了他的音律主张:

大概作乐府切记有伤于音律,乃作者之大病也。且如女真《风流体》等乐章,皆以女真人音声歌之,虽字有舛讹,不伤于音律者,不为害也。大抵先要明腔,后要识谱。审其音而作之,庶不有忝于先辈焉。

且如词中有字多难唱处,横放杰出者,皆是才人拴缚不住的豪气。然此若非老于文学者,则为劣调矣。

作乐府,一定要遵守音律规则,但在音律要求的范围内,创作者可以发挥自

---

① 闵永军.太和正音谱中"乐府"一词含义辨析[J].世纪桥,2007(10):7.

己的聪明才智。朱权要求注重音律,但不必死守音律,可以让才人作者发挥自己"拴缚不住的豪气"。

在音律与曲意关系的论述上,朱权显示了自己的远见卓识。"虽字有舛讹,不伤于音律者,不为害也",要求不伤音律,兼顾曲意。朱权辩证地提出了科学的作曲观念,最早关注到了散曲创作中音律与文采的关系,并做出了较为正确的理论主张。晚明时期,围绕作曲中声律与文采孰为第一,引起了范围极广的论争,几乎当时所有的作家都参与了进来,也就是所谓的临川派与吴江派的"汤沈之争",两派在二者关系的处理上都走向了极端化。经过论争,大部分曲家意识到二者缺一不可,也就是晚明王骥德在《曲律》中对这次论争做出的理论性总结,"法与意必两擅其极"。

朱权在曲学理论史上具有举足轻重的地位,他的论曲观念虽然有些还不太成熟,但已经接近了曲的本质。对戏曲价值的高扬,对戏曲剧本的重视,使得中国戏曲理论史焕然一新,要求散曲文采与音律的通透与宽容态度,是符合文学发展本质要求的。因此,朱权的《太和正音谱》及其接近曲的本质的曲学观念一经产生,后世便一再称引。无论元杂剧或元散曲,都无法迈过这一座高峰。

《太和正音谱》中"乐府"一词含义辨析

出现于明代初年的《太和正音谱》,在中国古代曲学理论史上有着举足轻重的地位。它上承元代曲论的余绪,下启明代曲论的先声,其内容不仅有最早的北曲曲谱,而且有精到的曲论和珍贵的戏曲史料。然而,这样一部煌煌曲学巨著,其价值既没有被历来的曲学理论研究给予足够的重视,也缺乏深入的研究,大多只是粗枝大叶、因袭成说。特别是对《太和正音谱》中的重要概念"乐府"一词,纵观前人的理解,不知是有意还是无意,都走向了偏误,并没有真正弄清其意义指向,这不能不让人感到遗憾。本文试对"乐府"一词进行辨析,以图对朱权作一会心的解释。

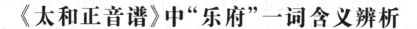

一

《太和正音谱》共分八章,其中有"杂剧十二科""乐府体式"等内容。"杂剧"与"乐府"并列出现,显然,《太和正音谱》包括了杂剧论与散曲(即乐府)论。它不仅是一部戏剧理论专著,而且是散曲学著作。但是,历来对《太和正音谱》的研究著作,几乎一致而不加辨析地将之看作戏剧理论专著。究其原因就在于,学术界对于散曲学的一贯漠视,"散曲学在学术研究格局中,自来是被包容在戏曲学或词曲学之中"①。对散曲学研究的漠视,导致了对《太和正音谱》散曲学价值的忽略,并造成了对其中散曲概念"乐府"一词的误解。较早对它进行研究的著作,几乎一致认为"乐府体式""古今群英乐府格势"是对杂剧作家艺

元明戏曲小说研究

---

① 杨栋.中国散曲学史研究[M].北京:高等教育出版社,1998:11.

术风格的品评,是戏剧理论的评价;把曲谱部分"乐府"一章,武断地定为北杂剧曲谱①。他们没有意识到朱权对"杂剧"与"乐府"(散曲)在理论上的区分。

近年来,对《太和正音谱》的理论研究,则有了很大的进步。随着曲学研究的深入和视野的扩大,散曲学从戏曲学中独立出来,成为曲学的一个重要组成部分。有些学者已经开始认识到《太和正音谱》的散曲学价值,进行了较为准确的论述。虽然,仍认为《太和正音谱》之"古今群英乐府格势""不再以零散的形式进行的戏剧批评,而是系统地按照一定的审美标准展开的批评",但已明确表示,朱权"总结的'乐府格势',实际上主要是对散曲兼及剧曲曲词的批评,故而并非纯戏剧学的批评"②。这样,虽然仍从戏剧学的视野来审视"乐府",但已经较为接近了"乐府"在《太和正音谱》,在朱权观念中的本来意义。

我们应该怎样准确地理解《太和正音谱》中"乐府"的内涵呢?

《太和正音谱》中"乐府"与"杂剧"同时出现,在朱权看来,二者是畛域分明的。"乐府"即为散曲之别称,这不是朱权个人的自我创造,而是继承了传统的习惯称谓。我们都知道,在朱权之前的有元一代,乐府被用来指散曲,而散曲的概念在元代并没有出现,一直到了明初朱有燉的《诚斋乐府》,才第一次出现"散曲"这一名称,而且只是用于指称散曲中的小令;到明末,才有了相当于今天我们所说的散曲概念。对于散曲,元人还有大同小异的诸多叫法,如"北乐府""大元乐府""今之乐府""今乐府"等。"元人以'乐府'一词称'散曲',以及以'乐府'为中心词而对于散曲的种种称呼,实际上是元人曲学观最集中的体现,它反映了元代文人对散曲这一新兴诗歌体式的推崇"③,是对散曲文体的尊体要求,要求把散曲回归到诗乐传统的主流形态中来。杂剧在元代虽然很兴盛,但杂剧观念从宋代百戏中脱离出来,专指"元杂剧",却是元末的事情了。而且,在上层

---

① 《古典戏曲理论集成》(三)中的《太和正音谱提要》认为"乐府"一章为北杂剧曲谱,"古今群英乐府格势"是对元代戏曲作家的评语。《中国戏剧学史稿》(叶长海)也把"乐府"一章作为北杂剧曲谱,"乐府体式"一章,被认为是"朱权对杂剧包括散曲的另一种分类",认为"古今群英乐府格势"品评了九十多位杂剧作家的风格,《明代文学批评史》(袁震宇、刘明今)也认为"乐府格势"是对剧作家的品评。

② 朱万曙.论主权的戏曲理论与理论贡献[J].安徽大学学报(哲学社会科学社版),2000(7):38-43.

③ 赵义山.元散曲通论(修订版)[M].上海:上海古籍出版社,2004:80.

文人的观念中，杂剧根本没有地位，不仅不能和散曲平起平坐，地位也远在散曲之下。从元到明初，这样的观念继续流行，朱权用乐府来指散曲，是理所当然、顺理成章的事情。

在朱权的观念中，"乐府"不仅指纯粹意义上的散曲，也包括了杂剧剧曲中的单支曲词，如在"乐府"曲谱部分摘取了杂剧中的一支支曲词。有人以此为据，试图说明"古今群英乐府格势"是对散曲兼及剧曲曲词的批评，这是不准确的。朱权虽然选取了这些曲词，但我们更应该看到：它们作为单支的散曲曲词，单独存在，并非成套联用，且与杂剧情节的演进、人物的塑造并无丝毫瓜葛。这一点，我们在明人的一些散曲选中可以大量看到。他们会毫不犹豫地把杂剧中的一支支曲词阑入选本，作为散曲进行评赏。

二

明确了朱权《太和正音谱》中"乐府"一词的内涵，就可以说"乐府格势"是对作家散曲艺术风格的品评。由于认为是对杂剧艺术风格的批评，历来的研究者在面对朱权对这些作家的品评时，甚为不满。在"乐府格势"对一百八十七位散曲作家的批评中，引起争议最大的当数关汉卿、王实甫二人。朱权对关、王二人的评价如下：

> 王实甫之词，如花间美人。
> 铺叙委婉，深得骚人之趣。极有佳句，若玉环之出浴华清，绿珠之
> 采莲洛浦。
> 关汉卿之词，如琼筵醉客。
> 观其词语，乃可上可下之才，盖所以取者，初为杂剧之始，故卓以
> 前列。

朱权对于王实甫散曲风格"花间美人"的评语，一直以来受到了许多人的肯定，认为其评价确当，深得《西厢记》之奥妙。但这种观点误为是对杂剧《西厢

记》的评论①,由于前提是错误的,虽然结论不谋而合,故仍有辩证的必要。朱权在曲谱例曲中选有《西厢记》杂剧的曲词,其风格正所谓"花间美人"般旖旎多姿,光彩照人。但是,把对《西厢记》中作为散曲的单支曲词的品评,扩大为对杂剧《西厢记》风格的鉴赏,超出了朱权的理解范围。只要读一下王实甫留存至今的一小令两套曲,就可以发现,他的散曲作品更加切合于"花间美人"的评语。其小令《十二月过尧民歌·别情》:

> 自别后遥山隐隐,更那堪绿水粼粼。见杨柳飞绵滚滚,对桃花醉
> 脸醺醺。透内阁香风阵阵,掩重门暮雨纷纷。
>
> 怕黄昏忽地又黄昏,不销魂怎地不销魂,新啼痕压旧啼痕,断肠人
> 忆断肠人。今春,香肌瘦几分,搂带宽三寸。

铺叙深沉委婉,语言柔媚动人,离别之情充溢于杨花飘飞,绿水粼粼以及隐隐遥山,无处不在。渐黄昏,重门掩不住暮色深深,只有断肠人独酌独泣……想不动人亦不可能,堪得"玉环之出浴华清,绿珠之采莲洛浦"之美誉。

朱权评价关汉卿散曲风格"如琼筵醉客",受到了有关论者千口同声的质疑。抛开元代的思想文化背景以及朱权的创作意图,按今天的理解,的确是对关汉卿杂剧杰出成就的忽视。而关汉卿被推为元杂剧的代表作家,杂剧成就也在他的散曲成就之上。然而,我们不能以今天的眼光来要求古人。在元代,杂剧的地位远在散曲之下,朱权对关汉卿作品的评价,是对其散曲作品风格的评赏。著名的"元曲四大家"的争议便是一个很好的例证。早在元代,周德清的《中原音韵》中就提出了"四大家"之说:

> 乐府之盛,之备,之难,莫如今时。其盛,则自搢绅及闾阎歌咏者
> 众。其备,则自关郑白马一新制作②……

---

① 夏写时.中国戏剧批评的产生和发展[M].北京:中国戏剧出版社,1982:32.
② 周德清.中原音韵(A)[M]//中国戏曲研究院.中国古典戏曲论著集成(一).北京:中国戏剧出版社,1959:175.

但明代中后期以来,"元曲四大家"一直被理解为元杂剧四大家,直到今天,写进《辞海》以及教科书等,似乎已成定论。但有些学者已经提出疑义,认为周德清的"元曲四大家",当指元散曲四大家①。散曲被称为乐府,是被正统文人看作正统诗文一途的,周德清是对他们散曲成就的评价。同样,在《太和正音谱》中,朱权虽然已经关注到关汉卿的杂剧初创之功,但只对他的散曲作品进行了批评,在曲谱的例曲中没有一支关汉卿所作杂剧的曲词,也是一个很好的证明。如果说朱权是皇室贵胄出身,批评其压低关汉卿,忽视他的杂剧创作,忽视人民性,当然也是刻薄古人了。

对照《全元散曲》所收关汉卿的散曲创作,朱权对他散曲的评语,"如琼筵醉客",非常切中肯綮。关汉卿散曲的风格主要表现为泼辣尖新,充分体现了元散曲豪爽瀚灏、尖新峭拔的蒜酪风味。其有名的《南吕·一枝花·不伏老》一支曲,"我是个蒸不烂煮不熟捶不扁炒不爆响当当一粒铜豌豆。……"淋漓尽致、洋洋洒洒、痛快泼辣、豪放不羁,称之为"琼筵醉客",非常形象传神,而且,在这类豪辣的作品之外,他也有一些清丽婉约的抒情写性之作,如《南吕·四块玉·别情》:"自送别,心难舍。一点相思几时绝。凭阑袖拂杨花雪。溪又斜,山又遮,人去也。"婉转妩媚、离别之情表现得缠绵悱恻而又清新雅致,与《不伏老》的风格有天壤之别。朱权对关汉卿"可上可下之才"的评语,正是对关作两种风格的鉴赏评判。朱权本人较为推崇清丽典雅风格的作品,如在"乐府格势"中把马致远列为第一,称其词"典雅清丽"。以他个人的审美理想观照关汉卿的散曲创作,把关作的清丽之词列为上品,即"可上",本色豪辣之作列为下品,即"可下"。因此,从朱权个人的审美标准出发,评价关作"可上可下",并非有意贬低一代大家关汉卿。

综上,从对"乐府"一词的正确理解出发,朱权以自己的审美观念对关、王二家的散曲艺术风格的品评是恰当而公允的。对王实甫"花间美人"品评的误解,对关汉卿"可上可下之才"的歪曲,都没有从他们的散曲创作的实际出发,想当然地认为是对杂剧风格的评价,显然都是不能得出正确的论断,只有实事求是地回到那个社会背景下,才可能看清历史的原貌,给古人以真正的尊重。

---

① 宁希元."元曲四大家"考辨[M]//.叶开沅.戏曲论丛(第二辑).兰州:兰州大学出版社,1989:59.

三

这里还要提一下的是,李昌集先生在其《中国古代曲学史》中对朱权《太和正音谱》中"乐府"一词的阐释。李昌集先生在论述"新定乐府体一十五家"时,提出判定"乐府体一十五家"是作为与戏曲有关的理论,还是仅为散曲理论时,提出了两个判断的依据,其一即为:

> 元明间的文人,不像元文人对"乐府"的文化内涵那么认真,"乐府"指称曲体的意义渐成概念的主要内涵,其范围主要仍指散曲(套数在元末明初已多囊括在"乐府"之中),时而亦指一切曲体。朱权偶尔也流露出这样的意识,如其谓"娼夫"作的杂剧并非"乐府"便是一例。

这种说法值得认真商讨,是否"元明间的文人,不像元文人对'乐府'的文化内涵那么认真",还需要更充足的理由和证据来确证。就其例证,朱权在《太和正音谱》"谓'娼夫'作的杂剧并非'乐府'"这一点来说,也是不成立的。试看朱权的论述:

> 娼夫不入群英四人,共是十一本:
> 子昂赵先生曰:娼夫之词,名曰"绿巾词",其词虽有切者,亦不可以乐府称也,故入于娼夫之列。

这里,朱权是就娼夫所作杂剧的曲词进行评论,认为他们所作杂剧曲词虽有独到之处,但不能包括在乐府之中,用乐府来涵盖。结合朱权"乐府体式"章末尾"凡作乐府,古人云:有文章者谓之'乐府';如无文饰者,谓之'俚歌',不可与乐府共论也。"乐府代表了一种审美标准,即作品要有文采、有文饰。娼夫所作曲词语多尘下,鄙俚浅俗,民间气息和生活味道较浓;在朱权的审美观念中,缺乏文饰之美的娼夫所作曲词,不可以归入乐府一途。

因此说"乐府,有时亦指一种曲体"这种说法是不准确,没有事实依据的。"故论者将'乐府体一十五家'阑入戏'曲'并非无据,但以今日学术的眼光视之,其意义当属于散曲论的范畴。"这种折中的结论,有一定的合理性,但也掩盖了事实的真相。杂剧与散曲在元代是泾渭分明、黑白殊途的。到明初,虽然杂剧的地位有了较大的提高,但社会思想观念,尤其是上层文人的思想意识,要迅速发生转变,何其困难。我们都知道,一直到了明代中后期,随着人文思潮的涌动,杂剧的价值才开始为上层文人所真正认识,得到他们的推崇。李昌集先生从"曲体"观念出发,认为"散曲意识"是文人曲体创作中相当普遍的主导意识,这的确从根本上触摸到了杂剧与散曲二者魂梦相通的神经;触及了散曲作为正统文学一途,被文人不自觉地带入杂剧的创作中,它们在文学风格上的相通之处。的确,如前所说,不仅朱权将杂剧中的曲词阑入曲谱,而且后来的明人曲选也被选入杂剧中的曲词。但这些曲词也是散曲化的单独存在的一支支曲调,与"戏剧"本身并没有必然联系。因此,朱权对杂剧和散曲的区分非常明确,把"乐府体式一十五家"归入戏曲,违背了朱权本人的创作意图。

综上所述,本文试图澄清关于"乐府"内涵的种种误解和歪曲。在《太和正音谱》中,乐府是一个非常重要的概念,只有对它正确理解,才能把握作者朱权真正的思想脉搏,真正的审美追求。

《太和正音谱》"杂剧十二科"分类特征

《太和正音谱》是明初皇室贵族朱权的一部曲学理论著作,分为八章,即"乐府体式""古今英贤乐府格式""杂剧十二科""群英所编杂剧""善歌之士""音律宫调""词林须知""乐府三百三十五章(曲谱)"。该书是对元曲大盛之后的理论总结,亦是曲学理论史上第一部较为系统的理论论著,其中"杂剧十二科"和"群英所编杂剧"是对杂剧题材的分类和剧目的整理。而关于杂剧题材的分类,在元代夏庭芝的《青楼集志》已有论及,但其分类较为简单,分类标准不一;从朱权的"杂剧十二科"来看,虽然有明显继承《青楼集志》的痕迹,但是自身更为科学、更能概括杂剧作品的面貌;虽然还不全面,但分类已较为合理,在曲学理论史上已有较高的理论价值和理论意义。

一、关于"科"

"杂剧十二科"即十二类,科即类,是一个类别范畴。那么,它是怎样成为一个杂剧类别范畴的呢? 追溯它的来源,在前人的笔记中已经记录了以"科"来划分类别的习惯,元人陶宗仪《南村辍耕录》记载:

医科　画家十三科
世人但知医有十三科、画有十三科,殊不知裱褙亦有十三科①

从《南村辍耕录》的记载来看,元人的医学、绘画已然非常成熟,并对绘画的装裱有详细的分类,可见这一行业也已十分精细。从对医科、画科的分类可以

① ［元］陶宗仪.南村辍耕录[M].北京:中华书局,1959:341.

看出,对某种艺术或某种行业进行分门别类的研究,是元人的一种习惯,"科"作为类别范畴的传统已经确立。明初朱权继承了这一传统,并首次把它用于杂剧题材的归纳分类。杂剧创作的成熟,题材的繁富,以"科"来归纳概括自是符合杂剧艺术的创作实际,并能更好地把握这一艺术的丰富性的。

同样,把杂剧的题材内容分为十二科,这种从创作题材出发对作品进行分类的习惯,来源于宋人笔记中所记载的民间传统对说话家数的分类,最早可见于《都城纪胜》和《梦粱录》。

> 《都城纪胜》说话有四家:一者小说,谓之银字儿,如烟粉、灵怪、传奇。说公案,皆是搏刀赶棒(捧,当误)及发迹变泰之事。说铁骑儿,谓士马金鼓之事。说经,谓演说佛书。说参请,谓宾主参禅悟道等事。讲史书,讲说前代书史文传、兴废争战之事①。

《梦粱录》载"傀儡"与"小说"的分类:

> 凡傀儡,敷演烟粉、灵怪、铁骑、公案、史书历代君臣将相故事话本,或讲史,或作杂剧,或如崖词。
>
> 小说名"银字儿",如烟粉、灵怪、传奇、公案朴刀杆棒发发踪参之事②。

《都城纪胜》和《梦粱录》对说话家数的分类十分相似,可能在宋代民间勾栏中已经形成了一种约定俗成的题材分类方法。这些分类虽然是对说话题材的划分,但在"故事内容"这一层面上,与朱权对杂剧题材的分类对象是统一的,朱权本人就借鉴了这种方法,用以概括杂剧内容,从中取舍,最终形成了"十二科"的分类。

---

① [宋]赵灌园.都城纪胜[M]//[宋]孟元老.东京梦华录(外四种).北京:文化艺术出版社,1998:86.

② [宋]吴自牧.梦粱录[M]//[宋]孟元老.东京梦华录(外四种).北京:文化艺术出版社:1998:196.

关于《太和正音谱》"杂剧十二科"之说，明代中叶以后，渐有以"杂剧十二科"为科举考试之说，把元代杂剧大盛的原因，部分归于元代以杂剧作为科举取士的内容，如孟称舜在选编《古今名剧合选》时，在自序中认为，元代设十二科以取士，所以士人都学写杂剧以求进取，而明代的科举考八股文，所以不再出现优秀的杂剧剧本①。臧懋循选编《元曲选》作序亦云"或谓元取士有填词科，若今帖括然，取给风檐寸晷之下"，"元以曲取士，设十有二科"②。这种说法，考之《元史选举志》并没有相关的记载，因而只能是明人的臆测。王国维先生也对这种说法加以批评："沈德符《万历野获编》（卷二十五）及臧懋循《元曲选序》均谓蒙古时代，曾以词曲取士，其说固诞妄不足道。"③明中期以后，元杂剧的成就与价值得到了充分的肯定与赞扬，各种选本选集纷披而出，他们大概从朱权的"杂剧十二科"的说法中想象出元以杂剧取士，设有"十二科"，文士"各占一科以应之"，故而元杂剧出现了如此之多的杰作，如此之盛的局面，如唐代以诗取士，故唐诗盛。然而，朱权的"十二科"只是一个杂剧题材的分类，与科举取士毫无关联，所谓"科"，并非科举之科，只是一个类别范畴。

二、关于"十二科"

从"群英所编杂剧"剧目的著录来看，包括了元杂剧剧目和明初部分作家杂剧剧目，因此"杂剧十二科"可看作是对元及明初杂剧的题材分类，而元及明初杂剧创作涉及的题材内容是非常丰富的，上至帝王缙绅，下至闾阎市井小民；从家庭生活到辅国安民，无不可入杂剧作家的手眼。《太和正音谱》把它们分为"十二科"，即十二类。

朱权对"杂剧十二科"做了简短的定义：

一曰	神仙道化	二曰	隐居乐道（又曰林泉丘壑）
三曰	披袍秉笏（即君臣杂剧）	四曰	忠臣烈士
五曰	孝义廉节	六曰	斥奸骂谗

① 蒋星煜.明代杂剧的选集与全集[J].河北师院学报,1996;3:42.
② [明]臧懋循.元曲选·序[M].北京:中华书局,1958:3.
③ 王国维.宋元戏曲史[M].上海:上海古籍出版社,1998:77.

戏曲篇

七日　逐臣孤子　　　　　　　　八日　钹刀赶棒(即脱膊杂剧)

九日　风花雪月　　　　　　　　十日　悲欢离合

十一日　烟花粉黛(即花旦杂剧)　十二日　神头鬼面(即神佛杂剧)

这十二种杂剧的定义较为简略,若结合杂剧的创作概况,并以夏庭芝《青楼集志》①为参照来看,十二科的内容大致可以这样理解:

神仙道化剧　元夏庭芝《青楼集志》论到元杂剧,便有"神仙道化"一类。此类杂剧写神仙度脱凡人,使其得道登仙的故事。元代神仙道化剧的产生有它特殊的背景,大多与金元时期盛行于北方的道教支系——全真教有关。全真教是由金代文人王重阳所创立。他有七个著名的徒弟:马丹阳、谭处端、孙不二、郝大通、刘处玄、王处一、丘处机,合称"北七真"。为了扩大影响,争取徒众,全真教又把东华帝君、钟离权、吕洞宾、刘海蟾拉进来,连同王重阳,合称"五祖"。所以神仙道化剧中便多"五祖""七真"的度脱故事,如马致远《开坛阐教黄粱梦》《吕洞宾三醉岳阳楼》《王祖师三度马丹阳》《马丹阳三度任风子》,郑廷玉《风月七真堂》,岳伯川《吕洞宾度铁拐李岳》,范子安《陈季卿悟道竹叶舟》;②等等。

隐居乐道剧(又曰林泉丘壑)　此类剧亦多演隐居不仕、安贫乐道的故事,多为得道神仙、成佛真人徜徉世外,逍遥于九天之上,不食人间烟火,如马致远《西华山陈抟高卧》、宫天挺《严子陵垂钓七里滩》等剧。

披袍秉笏剧(即君臣杂剧)　披袍秉笏(笏,古代朝会时大臣所执的手版),是朝臣装束,在元杂剧剧本中或简作"披秉"。元刊本《晋文公火烧介子推》第一折有"正末扮介子推披秉上"。《好酒赵元遇上皇》第四折有"正末披秉共杨戬上"。此二剧皆演君臣遇合之事,当属"君臣杂剧"一类。此外如尚仲贤《汉高皇濯足气英布》、罗贯中《宋太祖龙虎风云会》等当属此类。夏庭芝《青楼集志》云:"君臣如《伊尹扶汤》《比干剖腹》。"

忠臣烈士剧　罗烨《醉翁谈录·舌耕叙引》有云:"说忠臣负屈衔冤,铁心肠

①　夏庭芝.青楼集[M]//中国戏曲研究院.中国古典戏曲论著集成.北京:中国戏剧出版社,1959.

②　本文中剧目名称以傅惜华《元代杂剧全目》《明代杂剧全目》为参照。

元明戏曲小说研究

也须下泪。"此类剧多演臣子为主尽忠、义士为主尽义之事。如纪君祥《冤报冤赵氏孤儿》、杨梓《忠义士豫让吞炭》、朱凯《放火孟良盗骨殖》等当属此类。

孝义廉节剧 叙伦理道德、仁义孝悌、友信之道。夏庭芝《青楼集志》云:"母子如《伯瑜泣杖》《剪发待宾》;夫妇如《杀狗劝夫》《磨刀谏妇》;兄弟如《田真泣树》《赵礼让肥》;朋友如《管鲍分金》《范张鸡黍》,皆可以厚人伦、美风化。"以上诸剧都可以归入孝义廉节剧。此类剧在元代后期出现较多,多以家庭生活为背景,叙述日常伦理道德,除《青楼集志》提到的杂剧之外,尚有陆登善《张鼎勘头巾》、无名氏《施仁义刘弘嫁婢》《张公艺九世同居》《小张屠焚儿救母》等,在元及明初杂剧中也占有一大部分。

叱奸骂谗剧 此类剧演奸臣贼子祸国害民。罗烨《醉翁谈录·舌耕叙引》有"说国贼怀奸从佞,遣愚夫等辈生嗔",从内容上说正与此类契合。孔文卿《地藏王证东窗事犯》、无名氏《谢金吾诈拆清风府》等属此类。

逐臣孤子剧 此类剧演被贬放逐之臣子,屈抑不伸,志不获展的苦闷抑郁,有李寿卿《说专诸伍员吹箫》、费唐臣《苏子瞻风雪贬黄州》、王伯成《李太白贬夜郎》等。

钑刀赶棒(即脱膊杂剧) 《梦粱录》与《醉翁谈录》均有"朴刀""杆棒"两类,其中《醉翁谈录》中所说较为具体。其中列举"朴刀局段"有《杨令公》《青面兽》等,列举"赶棒之序头",有《花和尚》《武行者》《五郎为僧》等。按此,元杂剧中大量的水浒戏,应属此类。此外,如尚仲贤《尉迟恭单鞭夺槊》、郑光祖《虎牢关三战吕布》《程咬金斧劈老君堂》、陈以仁《十八骑误入长安》、无名氏《小尉迟将斗将认父归朝》等。

风花雪月剧 此类多写男女间的风流情事。如戴善甫《陶学士醉写风光好》、石子章《秦翛然竹坞听琴》、张寿卿《谢金莲诗酒红梨花》等。

悲欢离合剧 此类多写家庭特别是男女间的悲欢离合,大体上可与"闺怨杂剧"并为一类。《醉翁谈录·舌耕叙引》有"论闺怨,遣佳人绿惨红愁"。元夏庭芝《青楼集》称天然秀"闺怨杂剧为当时第一手"。《青楼集志》论杂剧有"闺怨"一类,杂剧作品如:关汉卿《闺怨佳人拜月亭》《月落江梅怨》、白朴《薛琼琼月夜银铮怨》、王实甫《双蕖怨》、杨显之《临江驿潇湘夜雨》、乔吉《玉箫女两世姻缘》等。

烟花粉黛剧（即花旦杂剧） 　《梦粱录》《醉翁谈录》论说话均有"烟粉"类。夏庭芝《青楼集》云："凡妓以墨点破其面者为花旦。"其中又称李娇儿"花旦杂剧特妙"，称张奔儿"善花旦杂剧"。又谓"时人目奔儿为'温柔旦'，李娇儿为'风流旦'"。可见花旦杂剧中尚有不同的小类别。由以上来看，花旦杂剧似多为表演妓女生活的剧目，如关汉卿《崔莺莺待月西厢记》《杜蕊娘智赏金线池》《钱大尹智宠谢天香》等属此类。

神头鬼面剧（即神佛杂剧） 　《醉翁谈录·舌耕叙引》中"灵怪之门庭""神仙之套数"中的一部分，与此类相当。这些演佛、鬼、怪等的杂剧，主要是一些佛教杂剧。如吴昌龄《唐三藏西天取经》、郑廷玉《布袋和尚忍字记》、无名氏《月明和尚度柳翠》《龙济山野猿听经》等属此类。

这十二种杂剧的定义较为简略，其命名有宋元说话家数的影响①，更多的是从《青楼集志》而来。杂剧十二科大致包括了以上内容，但考察杂剧丰富的创作题材可知，这一归纳还不完全，夏庭芝《青楼集志》对元剧题材的相关论述可作为补充：

> "杂剧"则有旦、末。旦本女人为之，名妆旦色；末本男子为之，名末泥。其余供观者，悉为之外脚。有驾头、闺怨、鸨儿、花旦、披秉、破衫儿、绿林、公吏、神仙道化、家长里短之类。

夏庭芝这里所列，有的纯从角色着眼，不能成为一类，如"鸨儿"；但大多数兼顾了角色与内容两方面，可以成为一类杂剧。驾头是皇帝的仪仗，驾头杂剧当是表演帝王一类题材的题目，可归入君臣杂剧一类；闺怨杂剧如悲欢离合剧，花旦杂剧如前烟花粉黛剧；披秉杂剧如前披袍秉笏剧；绿林杂剧的内容当是写绿林好汉，如水浒戏，可与前铍刀赶棒剧并为一类；家长里短剧，写家庭及邻里之间关系，一部分可归入宣扬道德教化的孝义廉节剧，如《杀狗劝夫》，一部分可归入悲欢离合剧，如《临江驿潇湘秋夜雨》②，另外一部分如《老生儿》《看钱奴》《东堂老》则归于"杂剧十二科"中。

---

① 赵山林.论元杂剧的分类研究[J].河北学刊,1990(5):87-91.
② 赵山林.论元人杂剧中的"家长里短"剧[J].艺术百家,1992(1):100-106.

除此外,《青楼集志》涉及两种类型的杂剧题材,可作为"杂剧十二科"的补充。破衫儿杂剧,当属演发迹变泰故事,宋元话本中有"发迹变泰"一类,叙述由贱变贵、由贫变富的故事。元杂剧中如王实甫《吕蒙正风雪破窑记》、无名氏《王鼎臣风雪渔樵记》等当属此类。公吏杂剧当为公案杂剧,内容应为官府断案、清官决狱一类故事,元剧中有许多这样的篇目,如关汉卿《包待制三勘蝴蝶梦》《包待制智斩鲁斋郎》、武汉臣《包待制智赚生金阁》、孙仲章《河南府张鼎勘头巾》、孟汉卿《张鼎智勘魔合罗》、李行道《包待制智勘灰栏记》等。

在考察杂剧创作题材的时候,有一种杂剧类型在元杂剧中占据了很大分量,这就是历史剧。此类取材于史书和民间传说,演义列国、两汉、三国、隋唐、五代、两宋历史的杂剧作品极为可观:前期元杂剧创作有"四大历史剧"(《破幽梦孤雁汉宫秋》《唐明皇秋夜梧桐雨》《关大王单刀会》《冤报冤赵氏孤儿》)、《关张双赴西蜀梦》《保成公径赴渑池会》等;后期有《承明殿霍光鬼谏》《下高丽敬德不服老》《诸葛亮博望烧屯》《关云长千里独行》《庞涓马陵道》等作品。

"杂剧十二科"的杂剧分类虽然不很全面,但给我们提供了一个大致的范围。它几乎囊括了所有的元杂剧创作是非常值得肯定的。

三、"杂剧十二科"的分类意义

"杂剧十二科","这十二科毕竟未能将元代和明初杂剧创作极其丰富的广阔题材包括进来,倒是在一定意义上反映了批评家对于题材范围的要求。"① 分类带有朱权明显的主观意图。

第一,朱权以十二科把杂剧创作分为十二个题材类别,清晰明了,概括了元及明初杂剧的大部分创作内容,这是曲学史上首次对杂剧的题材做出如此明晰的理论总结,也是首次对杂剧这一俗文学样式做出的专门理论研究。此前,虽有夏庭芝《青楼集志》对杂剧类别的提及,但夏氏从角色的角度偶一提及,并没有作专门有意识的概括和总结。因此,朱权的筚路蓝缕之功是非常可贵的。朱权的"杂剧十二科"题材内容的分类,对后来的研究影响深远,所以论到杂剧的内容,不能不提到朱权的分类。

① 王运熙,顾易生.中国文学批评通史(明代卷)[M].上海:上海古籍出版社,2011.

第二，朱权的分类是个人崇道思想的反映。从朱权本人的杂剧创作来看："朱权的创作明显分为前后两期，前期题材较为多样，后期则以神仙道化为突出特色。现存的《私奔相如》和《冲漠子》二剧正分属于前后二期，它们可供我们分析朱权的心态意绪，也表现了朱权前后两期不同的思想倾向：前期宗主儒家观念，后期则遁入道教，弘扬道家教义。"①朱权在南昌的西山构筑精庐，晚年常常隐居山中，学仙修道。因此，他对神仙道化剧极为重视，将其列为首类，把隐居乐道剧放在第二位。神仙道化剧写神仙度脱凡人，使其得道登仙的故事。元代神仙道化剧大量产生，有它特殊的背景，大多与金元时期盛行于北方的道教支系——全真教有关。全真教由金代文人王重阳所创立。他有七个著名的徒弟：马丹阳、谭处端、孙不二、郝大通、刘处玄、王处一、丘处机，合称"北七真"。为了扩大影响，争取徒众，全真教又把东华帝君、钟离权、吕洞宾、刘海蟾拉进来，连同王重阳，合称"五祖"，所以神仙道化剧中便多"五祖""七真"的度脱故事，如马致远《开坛阐教黄粱梦》《吕洞宾三醉岳阳楼》《王祖师三度马丹阳》《马丹阳三度任风子》、郑廷玉《风月七真堂》、岳伯川《吕洞宾度铁拐李岳》、范子安《陈季卿悟道竹叶舟》，等等。隐居乐道（又曰林泉丘壑）剧，此类剧亦多演隐居不仕、安贫乐道的故事，多为得道神仙、成佛真人徜徉世外，逍遥于九天之上，不食人间烟火，如马致远《西华山陈抟高卧》、宫天挺《严子陵垂钓七里滩》等剧。

这与"古今群英乐府格势"中将马致远"乐府"创作推为首位，有异曲同工之妙。马致远不仅创作了大量的宣扬道化隐逸的散曲作品，更为著名的是他的杂剧中神道之作，有《任风子》《黄粱梦》《陈抟高卧》等，贾仲明《录鬼簿续编》吊词称其"万花丛里马神仙"。朱权把有神仙之称的马致远引为同调，推崇神道剧是与自己的道教信仰和隐逸处境分不开的。

第三，朱权提到"悲欢离合"剧类。此类应主要包括闺怨和风花雪月类杂剧。这一分类，已经涉及了戏剧审美的内容，已有了悲剧、喜剧意识。"悲剧"是西方的一种戏剧门类，也是他们的一种美学精神。传统的西方戏剧美学认为悲剧写大人物，其风格严肃崇高，喜剧写小人物，其风格轻松鄙俗，故其审美品位

① 朱万曙.论朱权的戏曲创作与理论贡献[J].安徽大学学报,2000(7):38-43.

有高低之分。王国维率先把西方的此种观念引进中国的文论,运用到他自己的文学评论中,认为元剧中:"其最有悲剧之性质者,则如关汉卿之《窦娥冤》,纪君祥之《赵氏孤儿》,剧中虽有恶人交构其间,而其蹈汤赴火者,仍出于其主人翁之意志,即列之于世界大悲剧中,亦无愧色也。"①此前,中国古代并没有悲剧、喜剧的概念,但中国有"列之于世界大悲剧中亦无愧色"之戏剧。在中国古典曲论中,悲剧只有"苦戏""怨谱""哀曲"之类的说法;喜剧是一些滑稽的丑、净角色插科打诨。中国的悲剧、喜剧并没有西方戏剧审美中的高下品格之分,从"十二科"的"悲欢离合"一科看,早在明初已有了悲剧、喜剧分别的意思。"悲欢离合",从内容上,主要是写男女间关系、恋情、离合等,"合"则"欢","离"则"悲",这些剧本把人物命运的离合,作为情节发展的线索,具有苦乐相错、悲喜交集的民族特征。

总之,朱权出身皇室贵族,他的戏剧观念与上层统治者的视角是一致的,这也决定了他视野上的局限性。他把目光投向了神道剧、孝义廉节剧,以及表现婚恋的爱情题材上,因此他十二科的分类并不能涵盖元剧的创作全貌,而反映社会问题的公案剧、反映社会尖锐斗争的绿林杂剧、历史剧,都被他忽略了。这只要看一下明代法令即知:

> 《逊园赘语》云:"洪武二十二年三月二十五日,榜文云:'在京军官军人,但有学唱的,割了舌头。娼优演剧,除神仙、义夫节妇、孝子顺孙、劝人为善及欢乐太平不禁外,如有亵渎帝王圣贤,法司拿究'……"②

成祖朝又有律令:

> ……但有亵渎帝王圣贤之词曲驾头杂剧,非律所该载者,敢有收藏传诵印卖,一时拿送法司究治……(明顾起元《客座赘语》卷十《国

---

① 王国维.宋元戏曲史[M].上海:上海戏剧出版社,1998:99.
② 王利器.元明清三代禁毁小说戏曲史料[M].上海:上海古籍出版社,1981:12.

初榜文》）①

　　朱权对杂剧的分类正与法令宣扬的相当，作为封建社会的统治阶层，深受儒家思想影响和正统观念熏陶，他对杂剧所作的理论归纳，是不可能超出自身特有的视角的，说到底他不是一个离经叛道的文人，而只是一个封建贵族王爷。

　　关于"杂剧十二科"的相关研究，现今仍然不够，如能结合元剧创作面貌，就具体的创作来研究分类的意义，不失为一个很好的杂剧研究的角度。

---

① 王利器.元明清三代禁毁小说戏曲史料[M].上海:上海古籍出版社,1981:14.

《太和正音谱》音乐史理论疏论

在《太和正音谱·词林须知》部分,朱权继承了燕南芝庵《唱论》的有关论述并加以补充完善,内容十分丰富,有着音乐史的简单线索。朱权搜罗史籍、杂记,爬梳剔抉,给我们描述了音乐史上一条"帝王知音者"的线索,以及古代五位民间音乐家,对他们的歌唱成就给予了高度肯定。

一、"古帝王知音者"的音乐史线索

从伏羲、神农直到金章宗,记载了古代传说中的三皇、五帝、商周帝王制乐情况以及唐太宗、唐玄宗、兼及后唐庄宗、南唐李后主、宋徽宗、金章宗,这些皆为通晓音律的音乐爱好者。这条线索清晰明了,提纲挈领,从浩如烟海的史料中彰显出帝王音乐家的音乐史,非常便于掌握。

伏羲所制《扶来》《立本》之音。

伏羲:古代传说中的三皇之一,风性,相传其始画八卦,又教民渔猎,取牺牲以供庖厨,因称庖牺,亦作"伏戏""伏犧(牺)";《周礼春官大司乐》"以乐舞教国子";贾公彦疏引《孝经纬》,"伏犧之乐曰《立基》,"在其"扶来"中,又释曰,亦作"扶徕","扶犁",传说为伏羲乐名;《通典·乐一》:"伏羲乐曰《扶来》,亦曰《立本》。"①按此,朱权所列,伏羲作乐《扶来》《立本》当为一乐,《立基》亦为《立本》之同义别名。

神农制《扶持》《下谋》之音。

神农:传说中三皇之一,相传始教民为耒、耜以兴农业,尝百草为医药以治

① 罗竹风.汉语大词典[M].上海:上海辞书出版社,1986:1187.

疾病。"扶持"是传说中的神农乐名,亦名"下谋"。①《扶持》《下谋》为一乐二名。

黄帝制《云门》《大卷》《咸池》之音。

古史记黄帝,少典之子,姓公孙,故号轩辕氏;又居姬水因改姬姓,国于有熊,故亦称有熊氏。黄帝败炎帝于阪泉,又与蚩尤战于涿鹿之野,斩杀蚩尤,诸侯尊为天子,以代神农氏;有土德之瑞,故号黄帝。《吕氏春秋·仲夏纪·五曰》"古乐"篇记载:黄帝又命伶伦与荣援铸十二钟,以和五音,以施英韶,以仲春之月,乙卯之日,日在奎,始奏之,命之曰《咸池》②。《汉书·乐志》有"黄帝作《咸池》"。黄帝氏族是以云为图腾的,所以它的乐舞叫作《云门》③。"大卷"条载:古乐名。《周礼·春官·大司乐》:"以乐舞教国子,舞云门、大卷、大咸、大磬、大夏、大濩、大武。"《注》曰:"此周所存六代之乐,黄帝曰云门、大卷。"④

一说《咸池》为尧时乐。《中国古代音乐史稿》说:"尧的乐舞叫作《咸池》。"注中说明是"见《周礼》《礼记》《国语》等注。"⑤但一般认为《咸池》为黄帝时乐。

少皞制《太渊》之音。

此说未见有关记载。

颛帝制《六茎》之乐。

西汉刘安《淮南鸿烈》"原道训"记,"所谓乐者,岂必处京台章华,游云梦沙丘,耳听《九韶》《六莹》……"。高诱注曰:"《六莹》,颛顼乐也。……《六莹》也叫《六英》《六茎》……"⑥《汉书·乐志》亦作"颛顼作《六茎》"。

帝喾制《五英》之乐。

《吕氏春秋·仲夏记·五曰》"古乐"篇记载帝喾作乐的情况:"帝喾命咸黑作为声歌——《九招》《六列》《六英》",并无《五英》之说,《汉书·乐志》载"帝

① 广东、广西、湖南、河南辞源修订组,商务印书馆编辑部.辞源(修订本)[M].北京:商务印书馆,1983:647.

② 广东、广西、湖南、河南辞源修订组,商务印书馆编辑部.辞源(修订本)[M].北京:商务印书馆,1983:1942.

③ 杨荫浏.中国古代音乐史稿[M].北京:人民音乐出版社,1981:7.

④ 广东、广西、湖南、河南辞源修订组,商务印书馆编辑部.辞源(修订本)[M].北京:商务印书馆,1983:360.

⑤ 杨荫浏.中国古代音乐史稿[M].北京:人民音乐出版社,1981:8.

⑥ 吉联抗.两汉论乐文字辑译[M].北京:人民文学出版社,1980:34.

誉作《五英》"。

尧帝制《大章》之乐。

舜帝制《大韶》之乐。

禹王制《大夏》之乐。

汤王制《大濩》之乐。

武王制《大武》《房中》之乐。

周公制《勺》。

班固《汉书·乐志》对此有记载:"尧作《大章》,舜作《招》,禹作《夏》,汤作《濩》,武王作《武》,周公作《勺》。《勺》,言能勺先祖之道也。《武》,言以功定天下也。《濩》,言救民也。《夏》,大承二帝也。《招》,继尧也。《大章》,章之也。"①这段记载简明地记述了尧、舜、禹、汤、武王、周公作乐的情况;并对乐的意义作了扼要说明。《吕氏春秋·仲夏纪·古乐》也详细记载了当时帝王们作乐的情景。

唐太宗制《秦王破阵》之乐。

唐太宗为唐代有作为的帝王之一,他的统治史称"贞观之治",为走向盛唐奠定了基础。太宗始封为秦王,后登上皇位。《新唐书·志第十一·礼乐十一》载有太宗作《秦王破阵乐》的情况:

> 《七德舞》者,本名《秦王破阵乐》。太宗为秦王,破刘武周,军中相与作《秦王破阵乐》曲。及即位,宴会必奏之,谓侍臣曰:"虽发扬蹈厉,异乎文容,然功业由之,被于乐章,示不忘本也。②

唐玄宗制《霓裳羽衣》之曲。

玄宗皇帝酷爱音律,擅打羯鼓。史载玄宗帝"选坐部伎子弟三百教于梨园,声有误者,帝必觉而正之,号'皇帝梨园弟子'。宫女数百,亦为梨园弟子,居宜春北院。梨园法部,更置小部音声三十余人。帝幸骊山,杨贵妃生日,命小部张乐长生殿,因奏新曲,未有名,会南方进荔枝,因名曰《荔枝香》"。又,"河西节

① 丘琼荪.历代乐志律志校释[M].北京:中华书局,1964:174.
② [宋]欧阳修,宋祁.新唐书(卷21)[M].北京:中华书局,1975:467.

戏曲篇

度使杨敬忠献《霓裳羽衣曲》十二遍,凡曲终必遽,唯《霓裳羽衣曲》将毕,引声益缓"①。(《新唐书·志第十二·礼乐十二》)

宋代王灼《碧鸡漫志》卷第三,也有关于《霓裳羽衣曲》的记载:

> 《霓裳羽衣曲》,说者多异,予断之曰:"西凉创作;明皇润色,又为易美名。其他饰以神怪者,皆不足信也。"

传说《霓裳羽衣曲》多为明皇中秋月圆之时,游幸月宫,见女仙数百,素练霓衣,舞于广庭,上问曲名,曰"霓裳羽衣"。上记其名,归作《霓裳羽衣曲》②。

后唐庄宗,南唐李后主,宋徽宗,金章宗,皆知音者也。

后唐庄宗。后唐是五代时的唐代,因其有别于前此之唐朝,故称"后唐"。庄宗,原名李存勖,原为沙陀部落李克用之子(沙陀,今新疆塔尔巴哈台西南一带)。在位仅四年(923—926年)。知音律,能制曲,且能登场扮演,自题艺名为"李天下"。当时山西汾阳一带,多能歌唱他所创新腔。后来因为宠信伶官,酿成叛乱,亲自率兵抵御,被伶官郭步高暗箭射死。

南唐李后主。南唐,五代十国之一国,原为"吴国"(今之江西、湖北及江苏一部分地区),李昪篡位,改称"南唐"。后主系李昪之孙,本名李煜,字重光,在位十五年(961—975年),酷嗜声色,精通音律。当时歌曲所唱,以"词"为主,系一种有牌调的长短句体制,必须讲求声韵。他工于填词,词曲不但声调和谐,文学性也很高。但意境悲凉,即描写其宫廷生活,亦多寓以感伤。后来国家灭亡,降宋封为陇西郡公,因作词怀念故国,被宋太宗赵光义用药毒死。

宋徽宗,本名赵佶,系北宋第八个皇帝,在位二十六年(1101—1126年)。根据旧有记载,他"身通百艺,工书画","无日不歌欢作乐"。吴曾《能改斋漫录》中谓其"诗文之外,尤工长短句"。晚年好道,宠信方士林灵素。传位于其子赵桓,即所谓"钦宗"。金兵南侵,父子俱被掳北行,同死于"五国城"(今吉林东北依兰、临江一带)。

---

① [宋]欧阳修,宋祁.新唐书(卷22)[M].北京:中华书局,1975:476.
② [宋]王灼.碧鸡漫志[M]//中国戏曲研究院.中国古典戏曲论著集成(一).北京:中国戏剧出版社,1959:124-125.

金章宗，本名完颜璟，女真人，小名麻达葛。系金国灭辽后，挺进中国占有北部地区时第六个皇帝，在位二十年（1190—1209 年）。幼时，他的父亲完颜允恭便教他歌唱，后来又从侍读撒速学唱，曾当筵唱出金睿宗（完颜宗尧）的《功德歌》，金世宗（完颜雍，睿宗之子）极为赏识，一再命歌。可见其知音识律，自具根源。继位之后，正礼乐，定官制，修刑法，皆倾向于汉族文化，但已渐趋奢侈。其间虽曾分兵九道攻掠南宋，使宋不得已求和，但在他病死后，宗室因争夺帝位发生内乱，直至被蒙古族灭亡，实早种因于此。

二、古之民间音乐家

朱权在芝庵《唱论》所列三人的基础上，增加了两位民间歌唱家：秦青、薛谭。共五人：秦青、薛谭、韩秦娥、沈古之、石存符。《太和正音谱》高度评价了他们的歌唱："此五人，歌声一遍，行云不流，木叶皆坠，得其五音之正，故能感物化气故也。"

秦青与薛谭为师徒，二人都为秦国人。《列子·汤问》记载了有关薛谭向秦青学艺的典故：

> 薛谭学讴于秦青，未穷青之技，自谓尽之；遂辞归。秦青弗止；饯于郊衢，抚节悲歌，声振林木，响遏行云。薛谭乃谢求反，终身不敢言归①。

这个故事讲述的就是后世人们常用的典故"遏云"的来源。

韩秦娥，应为韩娥，大概早于秦、薛二人或同时，也是非常有名的歌唱家。《列子·汤问》在记载秦青、薛谭二人事迹后，也记载了韩娥的事迹：

> 秦青顾谓其友曰："昔韩娥东之齐，匮粮，过雍门，鬻歌假食。既去而余音绕梁欐，三日不绝，左右以其人弗去。过逆旅，逆旅人辱之。韩娥因曼声哀哭，一里老幼悲愁，垂涕相对，三日不食。遽而追之。娥还，复为曼声长歌。一里老幼喜跃抃舞，弗能自禁，忘向之悲也。乃厚

---

① 杨伯峻.列子集释［M］.北京：中华书局，1979：177.

赂发之。故雍门之人至今善歌哭,放娥之遗声。"①

今本《列子》据说是晋人伪作,所载韩娥、秦青的传说可能不够准确,不过西汉刘安的《淮南子》也记载了他们的存在,并对他们的歌唱艺术有过精辟的分析。此不赘述。

沈古之、石存符,事迹无可征考,周贻白先生对其做过考证。(周贻白,1962)

以上《太和正音谱》所记述的"古帝王知音者"与"古之善歌者",虽然简短,不成系统,但是也向我们描述了一条音乐史的简单的历史线索,从中可以看到古代音乐发展的简单面貌。

元明戏曲小说研究

① 杨伯峻.列子集释[M].北京:中华书局,1979:177.

"群英乐府格势"曲评的得失及审美范畴

　　《太和正音谱》是明初皇室贵族朱权的一部曲学理论著作,分为八章,其中"群英乐府格势"一章,是对元及明初部分曲家风格的评赏,运用品评的方式、意象批评的方法获得了独特的艺术效果。本文就其品评得失和涉及的品评审美范畴,试作论述。

一、曲家品评的得失

　　《太和正音谱》的曲家评以作家为单位进行评赏:首列元代马东篱、张小山等 12 人以及国朝四人王子一等 4 人,在四字评语后,有形象化的比喻和解释说明;次列贯酸斋至王伯成等 70 人,国朝蓝楚芳至唐以初等 12 人,共 82 人,只有四字评语;外有元 105 人没有评语,据朱权谓"俱是杰作,尤有胜于前列者,其词势非笔舌所可能拟,真词林之英杰也"。

　　这样,《太和正音谱》共对元明曲家 98 人的创作风格做了品评,这些评语大部分是切中肯綮的,表现了朱权独到的艺术眼光与艺术鉴赏力。如对可久的评语:

　　　　张可久之词,如瑶天笙鹤。
　　　　其词清而且丽,华而不艳,有不吃人间烟火食气,真可谓不羁之材;若被太华之仙风,招蓬莱之海月,诚词林之宗匠也。当以九方皋之眼相之。

　　张可久一生沉抑下僚,仕途淹蹇,但他的散曲创作取得了令人瞩目的成就,曾有四个散曲集流传于世,现存散曲 800 余首,是元散曲作家中数量最多的一

位,历来受到较高评价。他的散曲风格以清丽著称,朱权的评论"清而且丽"可谓一锤定音,这从小山乐府中可以领略此特点:

　　惜花人何处,落红春又残。倚遍危楼十二栏。弹,泪痕罗袖斑。江南岸,夕阳山外山。——[金字经]《春晚》

　　灯下愁春愁未醒,枕上吟诗吟未成。杏花残月明,竹根流水声。——[清江引]《春夜》

这些作品,无不珠圆玉润,剔透玲珑。它们情景交融,凝练雅洁,有诗的凝练典雅,有词的婉丽蕴藉,最符合以诗词为宗的传统鉴赏审美习惯。

不仅张可久,另如关汉卿、马致远、王实甫等人的评语也都值得赏析。朱权列在首位的12位散曲家,包括今天我们所说的元曲四大家,也都是今天我们所认可的元曲大家。在这些曲家中,对关汉卿和王实甫二人的评价曾引起争议,如果参照关、王二家的作品,就可以理解朱权的评价是非常贴切的。

《太和正音谱》对王实甫作品的评价是对他的散曲作品的评论,而非其杂剧创作。朱权喻其散曲风格为"花间美人",此前学者认为是对杂剧《西厢记》的评论。朱权在曲谱例曲中选有《西厢记》杂剧的曲词,其风格正如"花间美人"般光彩照人、旖旎多姿。但是,把对《西厢记》中作为散曲的单支曲词的品评,扩大为对杂剧《西厢记》风格的鉴赏,超出了朱权的理解范围。只要读一下王实甫至今留存的一小令两套曲,就可以发现,他的散曲作品更加切合于"花间美人"的评语。其小令《十二月过尧民歌·别情》:"自别后遥山隐隐,更那堪绿水粼粼。见杨柳飞绵滚滚,对桃花醉脸醺醺。透内阁香风阵阵,掩重门暮雨纷纷。"铺叙深沉委婉,语言柔媚动人,堪得"玉环之出浴华清,绿珠之采莲洛浦"之美誉。

朱权评价关汉卿散曲风格"如琼筵醉客",受到了许多论者的质疑,认为"可上可下之才"是贬低关汉卿。抛开元代的思想文化背景以及朱权的创作意图,按今天的理解,的确是对关汉卿杂剧杰出成就的忽视。然而,在元代,杂剧的地位远在散曲之下,朱权对关汉卿作品的评价,是对其散曲作品风格的评赏。著名的"元曲四大家"的争议是一个很好的例证。早在元代,周德清的《中原音韵》中提出了"四大家"之说：

> 乐府之盛，之备，之难，莫如今时。其盛，则自搢绅及闾阎歌咏者众。其备，则自关郑白马一新制作……①

但从明代中后期以来，"元曲四大家"一直被理解为元杂剧四大家，直到今天，写进《辞海》以及教科书等，似乎已成定论。但有些学者已经提出疑义，认为周德清的"元曲四大家"，当指元散曲四大家。② 散曲被称为乐府，是被正统文人看作正统诗文一途的，周德清是对他们散曲成就的评价。同样，在《太和正音谱》中，朱权虽然已经关注到关汉卿的杂剧初创之功，但只对他的散曲作品进行了批评，在曲谱的例曲中没有一支关作杂剧的曲词，也是一个很好的证明。对照《全元散曲》所收关汉卿的散曲创作，朱权对他散曲的评语"如琼筵醉客"，非常切中肯綮。关汉卿散曲的风格主要表现为泼辣尖新，充分体现了元散曲豪爽瀚灏、尖新峭拔的蒜酪风味。其有名的《南吕·一枝花·不伏老》一支曲，"我是个蒸不烂煮不熟捶不扁炒不爆响当当一粒铜豌豆……"淋漓尽致、洋洋洒洒、痛快泼辣、豪放不羁，称之为"琼筵醉客"，非常形象传神。而且，在这类豪辣的作品之外，他也有一些清丽婉媚的抒情写性之作，如《南吕·四块玉·别情》："自送别，心难舍。一点相思几时绝。凭阑袖拂杨花雪。溪又斜，山又遮，人去也。"婉转妩媚，离别之情表现得缠绵悱恻而又清新雅致，与《不伏老》的风格有天壤之别。朱权对关汉卿"可上可下之才"的评语，正是对这两种风格的鉴赏评判。朱权本人较为推崇清丽典雅风格的作品，如在"乐府格势"中把马致远列为第一，称其词"典雅清丽"。以他个人的审美理想关照关汉卿的散曲创作，把关作的清丽之词列为上品，即"可上"，本色豪辣之作列为下品，即"可下"。因此，从朱权个人的审美标准出发，评价关作"可上可下"，并非有意贬低一代大家关汉卿。

---

① ［元］周德清.中原音韵［M］∥中国戏曲研究院.中国古典戏曲论著集成（一）.北京：中国戏剧出版社,1959:175.

② 宁希元."元曲四大家"考辨［M］∥叶开沅·戏曲论丛（第二辑）.兰州：兰州大学出版社,1989.

然而,《太和正音谱》的品评也有不足之处,有些评价也不甚恰当,有些四字评语由于让人很难把握其所指,引起了后人的批评。如王骥德在《曲律》中就曾尖锐地提出:"《太和正音谱》中所列元人,各有品目,然不足凭。涵虚子于文理原不甚通,其评语多足付笑。又前八十二人有评,后一百五人漫无可否,笔力竭耳,非真有所甄别其间也。"①这种评价虽指责过当,但也说出了失误所在。

　　种种失误,究其原因恐怕在于,以作家为单位进行的综合的风格品评,由于作家创作风格的变化,就需要批评者很强的艺术概括力;比起对一部作品的品评,这种整体概括更为困难;而单独对一部作品进行评论,就容易把握得多。明后期出现的吕天成《曲品》、祁彪佳《剧品》《曲品》,以及清代的《新传奇品》等品评式著作,都较为准确可信,原因正在于此。

　　对于一个作家的创作来说,他在不同时期的作品风格往往会呈现不同的面貌,如马致远前期创作重在抒发对现实的不满,感叹人生的短暂、功名的淹蹇。晚年的马致远行乐诗酒,自号"东篱",遂得以发现大自然的无限真趣。《太和正音谱》评马作"如朝阳鸣凤,其词典雅清丽",用来概括后期创作风格,就更为合适。有时一个曲家同时并存几种创作风格,既有豪放不羁之作,又有缠绵婉约之品,如元曲另一位大家贯云石,朱权评其风格为"天马脱羁",只能概括其作品豪放一格。晚年贯云石辞官隐逸,散曲抒隐逸之乐,写恋情之纯,清新飘逸,就非"天马脱羁"所能概括。

　　综上所述,朱权的品评是对一个作家整体风格的鉴赏,难免顾此失彼,但我们也不能对他的成就全盘否定。他在曲学领域开创的系统的风格品藻方式,对后人产生了巨大的影响,他的理论功绩是不可漠视的。

二、品评的审美范畴

　　不论朱权对元明曲家的品评是否得当,其中都贯注了他的心血,他的气质个性以及作为曲评家的审美取向。在对108人的品评中涉及散曲风格学中几个重要的审美范畴,这些审美范畴不仅从散曲文学的语言文辞风格入手,而且着重从作品的风貌神态出发,从艺术境界上研究风格特征。

---

①　王骥德.曲律(杂论上)[M]//中国戏曲研究院.中国古典戏曲论著集成(四).北京:中国戏剧出版社,1959:167.

（一）刚健

风格刚健的作品，气势豪迈壮阔，感情奔放激烈，笔力刚健遒劲，境界雄奇浑厚，具有阳刚之美。司空图《诗品》中"雄浑""劲健"及"豪放"几种皆具刚健风格的特征。

"群英乐府格势"的品评，首列12家中，有5人曾有刚健风格的评语。98位曲家中有大量相关的品评，可见朱权对此风格相当偏爱，如：

> 白仁甫之词，如鹏搏九霄。乔梦符之词，如神鳌鼓浪。
> 费唐臣之词，如三峡波涛。宫大用之词，如西风雕鹗。
> 贯酸斋之词，如天马脱羁。王仲文之词，如剑气腾空。
> 顾仲清之词，如雕鹗冲霄。李进取之词，如壮士舞剑。

这些作家的曲作，从境界上表现为阔大雄浑，波澜壮阔，有一种在广阔的境界中伸展自如的雄放美。从气势上表现为一泻千里，锐不可当之势，如"神鳌鼓浪""天马脱羁"。刚健风格的作品给人总体上是一种力度、力量的美，一种壮阔奔放的美。

（二）典雅

风格典雅的作品，不同于质朴本色，它表现为幽雅的韵致、雅洁的语言，注重语言的修饰，而要达到不落修饰之痕，淡而有致。司空图《二十四诗品》"典雅"一品中说："玉壶买春，赏雨茅屋……落花无言，人淡如菊。"[①]这种"典雅"的风格与刘勰的"熔式经诰，方轨儒门"的"典雅"是完全不同的。刘勰所说是类似于儒家六经的那种文章，是以表现儒家思想为内容，语言文辞上也比较平实、庄重。而司空图所说是诗歌体现出的幽雅、闲淡的风格，是"高韵古色"，一种幽雅的艺术境界。《太和正音谱》论曲的风格典雅，由司空图这里而来，如：

> 马东篱之词，如朝阳鸣凤。张小山之词，如瑶天笙鹤。
> 李寿卿之词，如洞天春晓。邓玉宾之词，如幽谷芳兰。

① 杜黎均.二十四诗品译注评析[M].北京:北京出版社,1988:90.

戏曲篇

朱权用典雅风格品评了众多作家作品，这些品评多用一些如"瑶天""瑶草""瑶台""幽兰""流泉""鸣鹤"等高洁的意象，所创造的是一个典雅的艺术境界。朱权对此风格也颇为推重，借闲云、野鹤、鸣泉写深山佳士的悠闲淡泊、心无挂碍的隐居乐趣与出世情操，朱权的品评，对这些意象的关注，也是他个人离尘出世的高雅情操的反映。

（三）绮丽

绮丽即辞藻华美、色彩鲜明，但又不失轻浮、雕缋，具有艳而不俗之美。"群英乐府格势"对作家的风格品评，涉及这一审美范畴：

> 王实甫之词，如花间美人。张鸣善之词，如彩凤刷羽。
> 郑德辉之词，如九天珠玉。商政叔之词，如朝霞散彩。

具有绮丽风格的作品，不能用藻饰掩盖内容的空虚，语言华美须与真实的思想感情相结合，做到情景交融。

（四）孤绝

朱权品评曲作，多用一"孤"字来形容，共有8处之多：

> 白无咎之词，如太华孤峰。元遗山之词，如穷崖孤松。
> 秦竹村之词，如孤云野鹤。胡紫山之词，如秋潭孤月。
> 周仲彬之词，如平原孤隼。秦简夫之词，如峭壁孤松。
> 李好古之词，如孤松挂月。李唐宾之词，如孤鹤鸣皋。

"孤绝"风格，在风神上表现为超逸、独绝而出众，俯视众生、居高临下。"孤松""孤云""孤月""孤隼"这些意象，所构成的是一种超然独出的境界，具有这种境界的作品，情趣高洁、异乎寻常。

总之，"群英乐府格势"对元明98位曲家的品评，主要涉及了上述几个审美范畴。元曲的风格多样，在这几种风格之外，尚有大量的质朴、本色之作，朱权对此的关注不甚了了，如评关汉卿之词"如琼筵醉客"，列其本色之作为下品，于此可见朱权偏于文采典雅的审美趣味。

《太和正音谱》"群英乐府格势"是对曲家的品评,从其得失方面来说,如果进一步参照元曲作家作品,还会有更深入的研究余地和研究空间。这种品评式的意象批评方法,被后来的曲家大量借用,在曲学批评领域也形成了一条意象批评的线索,因此对此进行进一步研究是有积极意义的。

论"乐府十五体"的曲学意义

　　"乐府十五体"是对《太和正音谱》中关于散曲风格的理论概括。作为散曲文学大盛之后的理论总结,其文学史、曲学史意义不容忽视。从近现代任讷《散曲概论》关于乐府"十五体"的理论研究之后,少有论者对此进行深入系统的研究,在此笔者不揣浅陋,是述浅见。

　　《太和正音谱》共分八章,第一章即为"予今新定乐府体一十五家":丹丘体、宗匠体、黄冠体、承安体、盛元体、江东体、西江体、东吴体、淮南体、玉堂体、草堂体、楚江体、香奁体、骚人体、俳优体。"体",在传统文论中即具有风格的含义。但较早时期,魏晋间人谈"体",多数是指诗歌的体裁,如挚虞《文章流别论》:"若马融《广成》《上林》之属,纯为今赋之体,而谓之颂,失之远矣。"东晋时,陆机《文赋》所谓"体有万殊",已有风格的含义;南朝时,以"体"指称艺术风格,已较为明确,刘勰《文心雕龙》"体性"篇就是对文章风格的论述。因此,朱权亦用"体"来指"乐府"的风格。从题目上,即可知这是朱权首次对"乐府"风格进行分类,是最早关于散曲("乐府"不仅指纯粹意义上的散曲,也包括作为散曲意义上的杂剧剧曲中的单支曲词。参见闵永军著的《〈太和正音谱〉中"乐府"一词含义辨析》。《世纪桥》2007 年 10 期第 86-87 页)风格的理论研究。朱权把乐府风格划分为十五类,尽管划分不尽确当,但已概括了元代散曲创作全貌,因此不仅具有开拓意义,而且具有理论意义。它把散曲文学与理论连接起来,在曲学史上是一个标志,标志着较为系统的理论总结的开始;在整个中国文学批评史上,它又把曲学批评拉入诗学批评的范畴,创立了曲学范畴"体"的概念,引入风格研究,使得曲学批评与诗学批评交融。

　　"十五体"创散曲风格理论研究之先例。《太和正音谱》首先尝试把散曲风格分为"十五体",这是曲学史上首次对散曲风格进行的专门研究,并分门别类。

元明戏曲小说研究

不论是朱权、贯云石,还是杨维桢,都仅从直观体验的传统品藻方式上对一些曲家进行风格评论,如元贯云石在《阳春白雪·序》中将庾吉甫和关汉卿并论,品评两人"造语妖娇,却如小女临怀,使人不忍对殢"。杨维桢在《周月湖今乐府序》中亦曾论及北曲作家们的风格,他说:"士大夫以今乐府鸣者,奇巧莫如关汉卿、庾吉甫、杨淡斋、卢疏斋,豪爽则有如冯海粟、滕玉霄,蕴藉则有如贯酸斋、马昂父。"这种品藻式的评论仅停留在形象思维的直觉体验上,侧重对作家个人创作风格的批评,而且这些评论还很灵性、随意并非有意为之。在《太和正音谱》"群英乐府格势"一章中,用这种形象的品藻方式品评了 98 位曲家;把这些作家分为三个层次等级,有系统地进行曲家个人风格研究,可以说,在曲学领域确立了曲品的地位。而朱权从理论上首次对元曲总体风格进行总结,分析派别,进行分类。"乐府一十五体"的分类,尽管还很不成熟,但说明他"已经开始对风格本身的有关问题进行探讨,这对曲学风格理论的建立有着十分重要的作用。"①

此后,到明中晚期,一些曲学理论家才开始对曲的风格做出理论上的划分,如徐渭《南词叙录》谓:"听北曲使人神气鹰扬,毛发洒淅……南曲则纤徐绵眇,流丽婉转……"②王世贞《曲藻序》亦云:"大抵北主劲切雄丽,南主清峭柔远③"。王骥德也在《曲律·杂论上》中谓:"北人工篇章,南人工句字。工篇章,故以气骨胜;工句字,故以色泽胜。④"以上几位曲论家都以南北二体曲调声情来划分曲作风格,这比起朱权一十五体之分要简单得多。这种区分容易作大体上的把握,但却不很精确。在南北曲家的创作中难免有彼此交叉的情况,在南曲作家中有劲切雄丽之作,在北曲作家中亦有清峭柔远之体,或者一个作家兼有不同的风格倾向。因此,南北二体之分严格来说并不能准确地包容所有的曲作,显得过于笼统。因此,朱权的"乐府一十五体"的分类,在散曲风格研究史上具有

---

① 俞为民.古代曲论中的风格论[J].戏曲研究,1987(25):201.

② [明]徐渭.南词叙录[M]∥中国戏曲研究院.中国古典戏曲论著集成(四).北京:中国戏剧出版社,1959:245.

③ [明]王世贞.曲藻(曲藻序)[M]∥中国戏曲研究院.中国古典戏曲论著集成(四).北京:中国戏剧出版社,1959:25.

④ [明]王骥德.曲律(杂论上)[M]∥中国戏曲研究院.中国古典戏曲论著集成(四).北京:中国戏剧出版社,1959:146.

重要意义。

"乐府一十五体"是元散曲风格多样性的体现。《太和正音谱》"乐府一十五体"从外部特征上总结了元散曲的时代、地域风格派别，反映了一种文体在走向极盛之时，它呈现给读者的不可能是单一的色调，如唐诗、宋词，元曲亦然。通常认为元散曲有两大主导风格派别：豪放、清丽。然而不可否认，在这两种主导风格之外仍有许多潜流在悄悄酝酿涌动，如朱权所总结的"公平正大""浮艳""滑稽谑浪"等。今天我们所看到的《全元散曲》，众多作家，"各师成心，其异如面"，每个人有不同的创作个性，即使一个作家前后期的作品也存在差异，如关汉卿与马致远的不同，马致远前后期创作倾向的不同，等等。

朱权把散曲风格概括为"乐府一十五体"，从不同角度、不同范围较为全面地总结了元曲的风格类型。由于文学作品的风格是一个综合性的美学范畴，风格的形成，是各种因素相互作用的产物，有精神气质、创作才能、审美取向等主观方面的因素；亦有社会环境、时代特征、地域特点、文坛风尚等客观方面的因素，因此元曲除了自身的文体特征外，还受到曲家个性的影响，地域、时代的影响，呈现出来的风格也就千姿百态、多种多样。综观朱权对散曲风格十五类的归纳划分，有的从地域划分，有的从社会环境划分，有的从作家创作倾向划分，还有的从题材划分。由于这些体式命名的标准不一，以及内容的交叠，后人对"体式"范畴的理解也产生了歧义，因此历来研究者对朱权的这种划分颇有微词。但是"我们可以以区域为标准总结出作品的共同特征，即一种体式；同时我们也可按内容归结出一类作品，它同样也是一种体式。这一范畴稍嫌宽泛，但它的外延却是基本明确的"①。这样，朱权的十五体可以理解为有地域风格、题材风格、时代风格、作家风格的不同。虽然标准不同，但各个风格样式各自概括了一类作品的特征，其外延是确定的。这种分类正反映了文学风格多样性的要求，细致准确地归纳并展现了元曲的风格面貌。

《太和正音谱》的风格派别划分，反映了元散曲隐逸思想基调。避世归隐是整个散曲文学的精神基调。特定的时代，造就了特定的文学家和文学创作。南宋以来，北方边境地带一直战乱频仍，战争的动乱扰乱了人们平静的生活。从

---

① 朱万曙.论朱权的戏曲创作与理论贡献[J].安徽大学学报(哲学社会科学版),2000(4):41.

金代到元的建立,散曲文学在动乱中和人们无定的心绪下一起诞生,并逐渐兴起。朝不保夕的性命之忧,文人社会价值的失落,以及这时全真教的兴起,造成了这一时期人们思想的转变,表现在散曲创作中,便是大量的感叹世事无常、归隐山林、求仙服药以求长生保命的低落思想情调。散曲家们,无论是身居高位的达官显宦、沉抑下僚的小官胥吏,还是混迹勾栏的书会才人、担酒卖浆的市井作家、倚门卖笑的红颜歌伎,他们的诉说都有着那样的情绪和情感基调。《太和正音谱》在"乐府一十五体"中有"黄冠体""草堂体""淮南体""丹丘体",都涉及隐居乐道的思想主题。"黄冠"与"丹丘"都是道家的称号,"草堂"是避世隐居的处所。但从类目上来看,"乐府十五体"中就有六体涉及隐逸主题,朱权以此定体,正是对元散曲创作基调的理论总结。

"乐府十五体"的分类也是朱权本人思想意绪的凝结所在。朱权作为皇子,在移国南昌之后,韬晦求生,转而学道,徜徉于道教的神仙世界。他一生创作了二十多种道教著作,对道家避世隐逸以求永生的高义是心领神会的。元散曲中乐道徜徉、隐逸归田之趣正和朱权的道家思想、退隐之想息息相通,"乐府一十五体"首列第一的"丹丘体",正是朱权以自己的别号命名的。"黄冠体""草堂体""淮南体"关涉隐逸,而"楚江体",命名明显来自于屈原沉江的典故,《太和正音谱》的解释是"屈抑不伸,摅衷诉志",朱权将此种散曲单列为一体,这其中又何尝没有作者遭遇政治打击的心理寄托呢?"乐府一十五体"的分类深深印上了朱权本人思想的印痕,正如莱辛评价莎翁的作品"最小的优点也都打着印记,这印记会立即向全世界呼喊:我是莎士比亚的!"

然而,这种分类也存在着很大的局限。由于"乐府一十五体"的分类,命名方式和定体标准有很大的随意性,有些体式和解释本身不能统一,如骚人体,本与楚江体同源于屈原投江的典故,但它的解释"嘲讥戏谑",并不能说明体式特征;再如"东吴体",以地域划分出的体式,与风格的解释找不到必然联系,也许朱权有他自己的想法,但我们已经不得而知,只能从现有的文献想其一二。也正因此,"乐府一十五体"的分类在他之后,几乎没有引起反响,影响不大。近人对朱权的评价,也多不能苟同,"此'十五体',从内容的角度言,应当说概括了'乐府'的大部分题材,但仅仅停留于题材的概括,意义并不大,对文人而言,此乃一般常识;从风格的角度言,则其对各'体'的解释,远逊前代诗歌理论中的风格论,其命名又实在不伦不类,故'乐府一十五体'之名,自朱权肇始,并无响应,在后世的曲学中提及者甚少"①。这种评论在客观上指出了朱权的根本局限所在,具有一定的代表性。

① 李昌集.中国古代曲学史[M].上海:华东师范大学出版社,1997:260-261.

元明散曲"对式"论的演变特征

　　讲求对仗,是中国传统诗歌非常显著的特色。元散曲是元代的抒情文学,属于有韵之诗歌一途。但元曲从词、民间文学发展而来,形式更为自由活泼,曲无定句,句无定字,对仗的要求应该较为宽松。

　　然而,曲之称为"词余",对仗的宽松只是相对来讲的。从民间发展而来的元曲,呈现出活泼尖新、通俗泼辣、自由无拘、随口可歌的特征,但经历了几百年的流衍,在其发展繁盛的过程中,它的面貌是不是一成不变的呢? 事实证明,一种文学样式的发展,必然有一个由民间到上层,由粗而细,由野而文,由平民走向贵族的雅化、文人化进程,词的雅化如此,曲亦然。"以历代'贵族化'的文人文学为参照,散曲文学在总体上是一种由'贵族化'趋向'平民化'的文学新潮,然而从散曲文学内部的发展趋向看,由质趋文则又是其主导线索。"[①]在艺术上,以传统文人文学的语言形式对"俚语"加以某种改造,则是散曲文学"雅化"最普遍的趋向。这种改造之一就是"对传统诗歌对偶句构的采用和发展"。[②] 散曲文学发展到后期,创作上追求本色之作减少,而清丽之词渐多,对仗的讲求也越来越着意为之,在散曲文学中出现了许多新颖工巧但不同于诗词的对仗形式。这些对仗,有些似信手拈来,有些却是刻意求工。散曲文学的对仗无论从对仗在曲中的位置上,还是对式的花样上都翻新出奇、大胆创新。在这个意义上,对仗与散曲之尖新泼辣的基本文学精神可谓一脉相承。对于散曲对仗方式的总结,从元代周德清《中原音韵》到明代王骥德《曲律》,逐渐丰富而能够涵盖几乎所有元散曲对式面貌,反映了人们对散曲这种文学现象的认识逐渐加深的过程。

---

①　李昌集.中国古代散曲史[M].上海:华东师范大学出版社,1991.
②　李昌集.中国古代曲学史[M].上海:华东师范大学出版社,1997.

一

关于散曲对仗方式,较早进行总结的是元代周德清的《中原音韵》,他在《中原音韵·作词十法·对偶》中记录了三种对仗名目:

> 对偶:逢双必对,自然之理,人皆知之。
>
> 扇面对:[调笑令]第四句对第六句,第五句对第七句。
>
>   [驻马听]起四句是也。
>
> 重叠对:[鬼三台]第一句对第二句,第四句对第五句,
>
>   第一、第二、第三句,却对第四、第五、第六句
>
>   是也。
>
> 救尾对:[红绣鞋]第四句,第五句,第六句为三对;
>
>   [赛儿令]第九句、第十句、第十一句为三对。二调若是末
>
>   句稍弱,即以此法救之。

扇面对,连续对仗的四句,隔句对仗,如:

> 兴亡尽人渔樵断,把将军素书休玩,春秋谩将王霸纂,请先生史笔
> 休援。
>
>   ——王子一[调笑令]散套

重叠对,对中有对,一曲之中多句相对。这样的"重叠对"在曲中也是少见的。

> (两家局)安营地,施智谋,(似)挑军对垒。等破绽,用心机,(色
> 几似)飞沙走石。 ——《北词广正谱》所引[越调]《鬼三台》

救尾对即在曲的末尾三句设对。其目的在救结尾文句气势的卑弱,使文气增强,所以称为"救尾对",如:

黄叶青烟丹灶，曲阑明月诗巢。绿波亭下小红桥。老梅盘鹤膝，新柳舞弯腰，嫩茶舒凤爪。

——张可久《山中》

船系谁家古岸？人归何处青山；且将诗做画图看。雁声芦叶老，鹭影蓼花寒，鹤巢松树晚。

——张可久《虎邱道上》

周德清总结了元散曲的三种对仗形式，扇面对、叠对、救尾对，属于曲中多个句子对仗的形式。而元散曲中常见两句对，三句的鼎足对则没有记录。

二

朱权的《太和正音谱》出现于明初，名为曲谱，实为曲论和曲谱的集合：上卷为散曲风格论，杂剧分类论和杂剧剧目著录，以及古代音乐家、戏剧角色方面的论述和记录；下卷曲谱部分"乐府三百三十五章"为最早的北曲曲谱。上下卷总为八个部分，在第一部分"乐府体式"归纳了散曲风格类别之后列出散曲对式。其关于散曲"对式"的描述，当是受到《中原音韵》的启示，但不录《中原音韵》的三种对式名目，总结了七种对仗，两种修辞方式：

合璧对：两句对者是。

相邻两句的对仗，这一现象较为普遍，元散曲中此类例子俯拾即是，如：

[正宫·白鹤子]"四边风凛冽，一望雪模糊。行过小溪桥，迷却前村路。"（鲍天祐《史鱼尸谏》第四折）

[双鸳鸯]"隐隐遥山行云碍，萋萋芳草远烟埋。"（荆干臣《醉春风》散套）

这种对仗格式不论近体诗，还是词中都很常见。王骥德《曲律·论对偶》："有两句对"。

连璧对:四句对者是。

如《太和正音谱》所引[大石调·玉翼蝉煞],其中第十七、十八、十九、二十,此四句作"云黯黯,水迢迢,风凛凛,雪飘飘"(马致远《黄粱梦》第三折)即四句对。王骥德《曲律·论对偶》"有四句对",但举例不详。近体诗和词中均没有这种对仗方式。

鼎足对:三句对者是,俗呼为"三枪"。

此种对式较常见。[越调·天净沙]《秋思》(马致远)"枯藤老树昏鸦,小桥流水人家,古道西风瘦马",即鼎足对;[正宫·三煞]"涨一竿春水,带一抹寒烟,棹一只渔船";[南昌·感皇恩]"一簾风,三月雨,五更寒",都是三句对。

周德清《中原音韵·作词十法·对偶》提出"救尾对"亦为三句对,并且说明"二调若是末句稍弱,即以此法救之。"是为适应节奏的强弱而要求的对仗,和"鼎足对"当为两种对式。王骥德《曲律》作"三句对",没有具体说明。

联珠对:多句相对者是。

周德清所谓"重叠对",即一首曲中,作对仗的句子占多数。只少数句不对。对仗句多如联珠,故有此名。如《太和正音谱》所引[大石调·玉翼蝉煞],共29句,不作对仗的只有5句,其余24句都是分别作对仗的,这就是"联珠对"。王骥德谓"叠对"(如"翠减祥鸾罗幌"二句一对,下"楚馆云闲"二句又一对,下"目断天涯云山远"二句又是一对类)即属此类。

隔句对:长短句对者是。

上句加上领字,正如词中"一字豆"的对仗形式,如《太和正音谱》所引[大石调·百字令]第二、第三句"正山河一统,皇家全盛"(《中和乐章》),即五字句与四字句相对;若除去领字,正好两个四字句相对。这种对仗方式,词中常见,曲中却较少见。在诗歌中,扇面对习惯上等同于隔句对,如宋代严羽《沧浪诗话·诗体》:"有扇对,又谓之隔句对……盖以第一句对第三句,第二句对第四句。"有的学者也把曲中的扇面对和隔句对联系起来,"扇面对是隔句对,而隔句对则不一定是扇面对,扇面对乃隔句对中的特殊体式,即两组交叉对句之字数必须有参差。"①笔者以为,其实两者完全各自独立,而无扭结在一起的必要。

　　鸾凤和鸣对:首尾相对,如[叨叨令]所对者是也。

　　《太和正音谱》所引[正宫·叨叨令]首句为"白云深处青山下",末句"(煞强如)风波千丈担惊怕"(邓玉宾),也可作为不太工整的宽对。杨朝英[正宫·叨叨令]"想他腰金衣紫青云路……那里也龙韬虎略擎天柱。"《诗词曲格律纲要》认为,[正宫·叨叨令]在元人作品中首句和末句相对的现象并不多,只有少数作品才是首尾相对的。②

　　燕逐飞花对:三句对作一句者是。

　　朱权没有详细解释。当代学者对此有研究,孙虹认为,三句对作一句的燕逐飞花对,都是以一个短句子"在对句前疏动",或"在对句后疏动","燕逐飞花对的对句部分是鼎足对"。③ 例句如:

　　裹一顶半新不旧乌纱帽,穿一领半长不短黄麻罩,系一条半联不断皂黄绦,做一个穷风月训导。

　　　　　　　　　　　　　　　　　——钟嗣成[正宫·醉太平]
　　爱秋来时那些:和露摘黄花,带霜烹紫蟹,煮酒烧红叶。

　　　　　　　　　　　　　　　　　——马致远[双调·夜行船]

　　① [元]周德清.中原音韵·"作词十法·对偶A"[M]//中国戏曲研究院.中国古典戏曲论著集成(二).北京:中国戏剧出版社,1959.
　　② 陈新."燕逐飞花对"臆说[J].阅读与写作,2001(04):22-23.
　　③ 涂宗涛.诗词曲格律纲要[M].天津:天津人民出版社,1982:166.

戏曲篇

"'燕逐飞花对'可以视作是'鼎足对'的一种变式"。①

叠句,重用两句者是。如《昼夜乐》"停骖停骖"是也。

叠字:重叠字者是也。如《醉春风》第四句式。

叠句、叠字,放在对式部分,实为两种修辞方式,元曲中较常见。而其实散曲中有一种特殊的对式叠对,上下两句重复同时构成对仗,如"峰峦如聚,波涛如怒……兴,百姓苦;亡,百姓苦。"(张养浩《山坡羊·潼关怀古》)中的"兴,百姓苦;亡,百姓苦"便是叠对。

《太和正音谱》给这些对式都冠以美好的形象化名字,使得文学之美、散曲之美透过这些形象的名称得以呈现,之后,关于元曲对仗的研究都受到它的影响,并继续加以补充。

三

明中后期,王骥德《曲律》"论对偶第二十"云,"凡曲遇有对偶处,得对方见整齐,方见富丽",对曲中对偶作了理论上的要求。论对式有:两句对、三句对、四句对、隔句对、叠对(即《太和正音谱》所谓"联珠对")、两韵对、隔调对。在《太和正音谱》的基础上增添了两韵对、隔调对两种对式。② 隔调对算不上真正意义上的对仗。两韵对,即出句末字和对句末字为同一韵部。《曲律》举例称:"如'春花明彩袖,春酒满金瓯'"。两个"春"字相对,"袖"与"瓯"又同属曲韵第十六部"尤侯",也为"两韵对"。散曲亦有同韵对,如"翠盘香冷霓裳罢,红牙声歇梧桐下"(乔吉[油葫芦])。

从周德清初次对元曲对仗修辞做出初步理论探索,朱权全面总结并有了新的发现,到王骥德继续补充完善,散曲的对仗有了一个明确而较为完整的面貌。在这个过程中,《太和正音谱》起决定性的作用,影响深远。

---

① 孙虹.风生水上,自然成文——元曲对偶的散文化[J].修辞学习.1997(4):44—55.

② [明]王骥德.曲律·论对偶[M]//中国戏曲研究院.中国古典戏曲论著集成.北京:中国戏剧出版社,1959.

明前期戏曲理论教化特征论

明代前期是明代戏曲的低潮时期,也是戏曲理论缓慢发展的时期,成就远不及明代后期批评界的百家论争、众说纷纭。皇室藩王朱权的《太和正音谱》一枝独秀,是明初唯一一部完整的曲学理论批评著作。其他论曲见解则散见于笔记杂著,或与戏曲作品共存。受政治思想氛围的影响,明代前期的戏曲理论体现出明显的道德教化色彩。明初,明太祖朱元璋和成祖朱棣大倡程朱理学,思想道德领域教化气氛浓郁。与此相应,不论是帝王勋臣,还是一般文人,他们在论曲时都强调戏曲的社会教化功能。关于明代前期戏曲教化剧,学者关注较多,而对于戏曲理论批评方面则论述较少。本文力求系统地审视这一时期戏曲理论受时代影响而呈现出的教化倾向。

一

明代前期的戏曲理论,在批评倾向上主张戏曲应具有道德教化色彩、伦理教化功能,在戏曲政策上规定了"义夫节妇"的演剧方向,藩王重臣论曲时提出了"有裨世教"的主张,文人论曲也表现了道德教化的倾向。

(一)戏曲政策的教化倾向

在上层统治者那里,从维系封建道德出发,戏曲的伦理教化功能首先得到了强调。明太祖朱元璋标举《琵琶记》:"我高皇帝即位,闻其名,使使征之,则诚佯狂不出,高皇不复强。亡何,卒。时有以《琵琶记》进呈者,高皇笑曰:'五经、四书,布、帛、菽、粟也,家家皆有;高明《琵琶记》,如山珍、海错,富贵家不可无。'既而曰:'惜哉,以宫锦而制鞵也!'由是日令优人进演。"①正是因为《琵琶记》如

---

① 徐渭.南词叙录[M].北京:中国戏剧出版社,1959:240.

四书五经般具有教化意义。高则诚《琵琶记》副末开场表明创作宗旨"不关风化体、纵好也徒然","休论插科打诨,也不寻宫数调,只看子孝与妻贤"①,写出了符合封建道德的"全忠全孝""全贞全烈"的人物,正符合太祖皇帝以道德伦理整治天下人心的目的。不仅如此,明太祖朝和成祖朝都从政策上来推行道德教化戏曲的演出。

洪武二十二年三月二十五日榜文规定:"倡优演剧,除神仙节妇、孝子顺孙、劝人为善及欢乐太平不禁外,如有亵渎帝王圣贤,法司拿究。"②洪武二十五年五月刊刻《御制大明律》,重申了这一法令,并注明:"凡乐人搬做杂剧戏文,不许妆扮历代帝王后妃、忠臣烈士、先圣先贤神像,违者杖一百;官民之家,容令妆扮者同罪。其神仙道扮及义夫节妇、孝子顺孙、劝人为善者,不在禁限。"③洪武三十年更定《大明律》规定:"凡师巫假降邪神书符咒水扶鸾祷圣,自号端公太保师婆及妄称弥勒佛白莲社明尊教白云宗等会,一应左道乱政之术,或隐藏图像、烧香集众,夜聚晓散、佯修善事,煽惑人民,为首者绞,为从者各杖一百,流三千里。若军民装扮神像、敲锣击鼓,迎神赛会者,杖一百,罪坐为首之人。里长知而不首者,各笞四十。"④将强制性戏曲政策通过法律的形式固定下来。成祖朝又有律令:"但有亵渎帝王圣贤之词曲驾头杂剧,非律所该载者,敢有传诵印卖,一时拿送法司究治。"⑤

戏曲律令中所提倡的戏剧,无疑表现出统治者对戏剧创作和戏剧演出的明确思想导向,即大力揄扬符合儒家思想、有助于封建教化的戏剧。反之,那些有翻上诬贤内容的剧作,必遭官方的严厉禁毁;那些有碍风化的戏曲,必为官方道德所不容。这等于给戏曲的主题思想、题材、主要人物形象等设置了禁区,只有歌颂"欢乐太平"及赞扬"义夫节妇"的戏曲,才是受到鼓励的。这种政策使得不管是上层还是下层文人在论曲的时候都有浓厚的教化倾向。

(二)藩王重臣"有裨世教"的教化曲论

明太祖第十七子朱权在《太和正音谱》中表达了他对戏曲的认识。从儒家

---

① 高明.琵琶记(毛晋"六十种曲")(第1册)[M].北京:中华书局,1982:1.
② 王利器.元明清三代禁毁小说戏曲史料[M].上海:上海古籍出版社,1981:12-14.
③ 同②
④ 薛永升.唐明律合编卷九(禁止师巫邪术)[M].北京:中国书店,1990:25.
⑤ 同②

— 52 —

"治世之音,安以乐,其政和"的诗教传统出发,他把"太平之盛""礼乐之和""人心之和"统一起来,认为"声音之感于人心大矣",并进而认为"杂剧者,太平之盛事,非太平则无以出"①,强调了戏曲反映社会、粉饰太平、感化人心的功用,把杂剧看作太平盛世必不可少的点缀。

朱元璋的孙子朱有燉一生创作杂剧33种,大多是神仙道化和忠孝节义伦理道德题材的,他的戏曲理论见于他为自己戏曲所作的序引之中。他的戏曲创作目的大多为"表其节操"(《刘盼春守志香囊怨序》)、"制作传奇以嘉其行"(《李亚仙花酒曲江池引》)、"令后学以广其闻"(《豹子和尚自还俗传奇引》)、"予以为劝善之词,人皆得以发扬其蕴奥"(《贞姬身后团圆梦传奇引》)②。他将戏曲视为替封建统治阶级宣传伦理道德的工具。

深受理学思想影响的文人如台阁重臣邱濬创作了《伍伦全备记》,在副末开场里说:"这本《伍伦全备记》,分明假托扬传,一场戏里五伦全,备他时世曲,寓我圣贤言。"③他的戏曲完全从宣扬伦理道德的目的出发,来虚构人物和塑造人物,违背了艺术创作的基本规律,紧跟邱濬,邵璨"因续取五伦新传,标记香囊"④,创作传奇《香囊记》。正如邵氏归纳全剧的宗旨:"忠臣孝子重纲常,慈母贞妻德允臧。兄弟爱慕朋友义,天书旌异有辉光。"⑤其创作的目的就是为了宣扬封建伦理道德。

(三)文人论曲鲜明的道德倾向

在明代前期政治文化氛围影响下,一般文人在论曲时也表现出了鲜明的道德化倾向。陆容论到南方江浙一带戏曲题材的时候,认为以妇人为主角的传奇作品,"此盖南宋亡国之音……士大夫有志于正家者,宜峻拒而痛绝之"⑥。不但鄙视这些传奇作品,将其视为亡国之音,而且认为伤风败俗,有损家风,于治家不利。祝允明《观〈苏卿持节〉剧》中云:"勿云戏剧微,激义足吾师",也是看

① [明]朱权.太和正音谱[M].北京:中国戏剧出版社,1959:11.
② 吴毓华.中国古代戏曲序跋集[M].北京:中国戏剧出版社,1990:35-38.
③ [明]丘濬.伍伦全备记[M]//隗芾,吴毓华.古典戏曲美学资料集.北京:文化艺术出版社,1992:87.
④ 邵璨.香囊记(毛晋"六十种曲")(第1册)[M].北京:中华书局,1982:341.
⑤ 邵璨.香囊记(毛晋"六十种曲")(第1册)[M].北京:中华书局,1982:472.
⑥ 陆容.菽园杂记(卷十)[M].北京:中华书局,1985:124.

到了戏曲的教化作用。

在北方读者那里，"北人喜谈如继母大贤等事甚多。农工商贩，钞写绘画，家富而人有之；痴呆女妇，尤所酷好，好事者因目为女通鉴，有以也。甚者晋王体征、宋吕文穆、王龟龄诸名贤，至百态诬饰，作为戏剧，以为佐酒乐客之具。有官者不以为禁，士大夫不以为非；或者以为警世之为，而忍为推波助澜者，亦有之矣。"①以继母大贤、历史上名士贤达等为题材的伦理道德剧在当时很受欢迎，统治者因为此类题材的教化作用，对此不但不加禁止，反而推波助澜。

二

明代前期戏曲理论具有浓厚的道德教化倾向，究其原因，与当时思想界浓厚的教化之风分不开，是教化思想影响的结果。朱元璋建立明王朝后，实行了一系列的政治与经济措施，极力巩固皇权统治，最终确立高度成熟的君主集权政治。朱元璋还推行了强有力的思想文化措施，在思想文化上实行严酷的控制。他确立了程朱理学的权威，明确倡导尊经崇儒，同时制定了严格的八股取士的科举考试制度，钦定朱熹的《四书集注》及程、朱的其他解经著作作为科举经义考试的标准。程朱理学成为思想文化领域的无上权威。理学对人们精神生活和世俗生活的独断统治，禁锢着人们的思想和行为，相对于元代社会"礼崩乐坏"的时代，明初思想界已是程朱理学一统天下，再容不得逸出规范，戏曲理论批评的道德教化倾向也成为必然。

而客观上，明代前期戏曲理论批评对戏曲伦理教化功能的阐述，客观上提高了戏曲的地位。尽管囿于传统，戏曲艺术仍被视为"风化""载道"的工具，但明朝的开国君主朱元璋，以及朱权、朱有燉等人作为明朝的统治阶层，他们对戏曲的关注无疑会提高戏曲的地位，在社会上形成"上有所好，下必甚焉"的繁盛局面。明朝初，朱元璋曾颁布了一系列限制戏曲演出的律令，但是他更懂得利用戏曲来巩固统治，对于他认为符合其政治要求的作品则大力提倡，奉为典范。他把《琵琶记》提高到与四书五经同等的地位，足见他对这个剧本的重视。朱元璋从维护封建统治出发，肯定了《琵琶记》对维系封建伦理道德的作用，虽然他

---

① 叶盛.水东日记[M].北京：中华书局，1997：213-214.

关心戏曲的社会价值甚于戏曲本身,但他对《琵琶记》的推崇,却有着深远的意义,影响了当时及此后文人士大夫对戏曲的态度和价值判断,有力地冲击了历来鄙视戏曲的正统文学观念,启迪了批评家对戏曲存在价值的确认。

明初将曲的教化功能和传统的诗乐精神相统一,认为曲与诗词同宗同源,一改视曲为"小道"的偏见,极大地提高了曲的地位。如朱有燉认为曲:"若其吟咏情性,与古诗文又何异耶?""(曲)体格虽以古之不同,其若可兴、可观、可群、可怨,其言志之述未尝不同也。"①朱有燉认为曲就是诗,同诗一样可以兴观群怨,抒情言志。朱有燉创作杂剧三十三种,有《诚斋乐府》行世,他致力于戏曲创作这一行为本身即表明对戏曲的重视,在某种意义上肯定了戏曲的存在价值。朱权亦躬身杂剧创作,有十二种杂剧作品面世。在《太和正音谱》中,有"杂剧十二科",为杂剧分科别类;在"乐府三百三十五章"中,首次厘定了北曲曲谱,不仅使散曲创作有了曲谱指导,而且使戏曲创作有了规范的曲谱体系;"群英所编杂剧"部分,则记录了杂剧剧目,保存了大批杂剧剧目。朱权对杂剧的理论总结,对戏曲创作的认同与重视,引导了晚明时期戏曲理论的开展,有力地冲击了鄙视杂剧的偏见。一些台阁重臣出于宣扬封建伦理的目的,创作了有影响的戏曲。邱濬创作了《伍伦全备记》,作为理学鸿儒、馆阁重臣,邱濬能参与戏曲创作,无疑提高了传奇戏曲的文化品位,扩大了传奇的影响;邵璨创作了《香囊记》,刻意追求骈俪典雅,一味逞示文采,炫耀学问,但也使传奇摆脱了民间气息,进入士大夫审美文化圈。明初剧坛,在邱濬和邵璨剧作的影响下,出现了一批传奇作品,虽然在艺术水平上备受奚落,但在明初戏曲创作荒芜的园地中,也可称得上聊胜于无吧。

① 朱有燉.咏秋景吟[M]//隗芾,吴毓华.古典戏曲美学资料集.北京:文化艺术出版社,1998:83.

明初教化曲论下的戏曲创作

有明一朝,政治思想控制非常严格。明王朝建立之初,朱元璋就意识到程朱理学对于天下人心整治的作用,在思想文化领域实行严密的控制,以达到从思想领域到政治领域的统治。因此,朱元璋把程朱理学奉为正宗,作为全社会的思想信条。在社会思想理学控制的背景下,戏曲创作理论也表现出鲜明的教化倾向。一定时期的文学创作总是与时代背景紧密联系,并且受到创作理论的指导。明初戏曲创作领域与时代氛围、戏曲理论的道德倾向相一致,也出现了大量的教化剧。

一

政治思想领域的严酷,禁锢了明代臣民的思想和言论。在戏曲领域,戏曲理论批评作为戏曲文学创作的指导思想,强调通过戏剧演出达到道德教育的目的;为确保戏曲的道德教育的实施,明初一个时期,在政治政策上规定了戏剧演出要宣扬伦理道德,明太祖朱元璋和明成祖朱棣对此都有所强调,并明确以法律条文的形式颁行天下。洪武二十二年(1389)有朝廷榜文,规定了:"倡优演剧,除神仙节妇、孝子顺孙、劝人为善及欢乐太平不禁外,如有亵渎帝王圣贤,法司拿究。"①洪武二十五年(1392)颁布《御制大明律》,再次强调了此条榜文律令,通过法律的形式把强制性戏曲政策固定下来。在有关戏曲的律令中所提倡的戏剧,明确体现了提倡封建教化的戏剧创作、戏剧演出的方向。与此相反,戏曲中有伤风化、有犯上诬贤内容的剧作,是必定为统治阶层所不容的。这就给戏曲创作和演出设定了特定的范围,在一定的规范内才是可以允许的,只能是

---

① 王利器.元明清三代禁毁小说戏曲史料[M].上海:上海古籍出版社,1981:12-14.

一些颂扬太平盛世、符合程朱理学思想、宣扬封建纲常的作品。本着宣扬封建道德的目的,作为最高权力统治阶层的皇帝,不仅从政策上对戏曲加以规范,而且为当下的戏曲创作提供了样板,这就是朱元璋对《琵琶记》的肯定与推扬。高则诚的《琵琶记》是明初传奇的优秀代表作品,在剧作副末开场里有:"不关风化体,纵好也徒然"①。高则诚创作《琵琶记》的目的即强调风化和社会道德,《琵琶记》对人心的影响,如理学经典般可以统一社会思想意识。也因此,朱元璋喜爱《琵琶记》,要求富贵官宦之家家家皆有,令伶人每日进演。

在教化思想指导下的戏曲政策影响了社会各个阶层的文人学士,在他们论曲的时候都和上层高度一致。正所谓上有所好,下有甚焉。在皇帝以下,一些藩王宠臣和名儒官宦都推崇、颂扬盛世太平、伦理道德的杂剧传奇。明代前期,戏曲理论最为显著的成就就是朱权所著《太和正音谱》。在作者朱权对戏曲的认识里,戏曲的社会功能依然得到了强调。他认为"杂剧者,太平之盛事,非太平则无以出"②。杂剧是太平盛世的产物,也就是与大明王朝盛世相互表里,为大明盛世鸣诵的太平赞歌。明周宪王朱有燉终其一生,杂剧创作成就显著,但多表达节义纲常和神仙道化的伦理道德主题。在他的戏曲作品的自作序引之中,表达了作剧意旨:"表其节操""制作传奇以佳其行""令后学以广其异闻""予以劝善之词,人皆得以发扬其蕴奥"。③ 归结到一点就在于认识到戏曲的劝善、影响作用,戏曲创作可以使封建伦理观念得以发扬,制作传奇作为劝善之词,使人得以领悟传奇故事的道德主题。名儒大臣邱濬创作了《五伦全备记》,他在本剧副末开场里说:"这本《五伦全备记》,分明假托扬传,一场戏里五伦全,备他时世曲,寓我圣贤言。"④明确表示假托戏曲和戏曲人物传扬封建纲常伦理,在戏曲中人物的道德品质不是通过人物来呈现,而是从五伦道德观念虚构出人物,这样完全违背了艺术创作的基本规律。受邱濬影响,邵璨创作传奇《香囊记》就是为了宣扬忠孝节义的道德观念。一些著名文人,如陆容在他的笔记《菽

---

① 高明.琵琶记(毛晋"六十种曲")(第1册)[M].北京:中华书局,1982.

② [明]朱权.太和正音谱序[M]//中国戏曲研究院.中国古典戏曲论著集成(三).北京:中国戏剧出版社,1959.

③ 吴毓华.中国古代戏曲序跋集[M].北京:中国戏剧出版社,1990.

④ [明]丘濬.五伦全备记·副末开场[M]//隗芾、吴毓华.古典戏曲美学资料集.北京:文化艺术出版社,1992.

— 57 —

园杂记》中记载"嘉兴之海盐,绍兴之余姚……其扮演传奇,无一事无妇人,无一事不哭。令人闻之,易生凄惨,此盖南宋亡国之音也……士大夫有志于正家者,宜峻拒而痛绝之。"把流行于浙江等地的戏文传奇看作南宋亡国之音,鄙视这些地方戏曲作品,表现了文人传统对于流行通俗戏曲的排斥,甚至认为对于家庭教育来说有损家风,伤风败俗;相反地,与正统观念相符的戏曲作品,则能够得到推崇。

二

受明初戏曲政策和戏曲理论批评教化倾向的影响,在戏曲创作领域,教化剧占有相当大的比重。在教化戏曲理论的直接指导下,明初戏曲创作不管是杂剧还是传奇,都具有明显的教化倾向;不管是对上层宫廷文人还是下层普通百姓而言,伦理道德题材都广受欢迎。

一些戏曲评论与戏曲作品共存,戏曲作品就是创作者伦理观念的阐释和表达。高明创作《琵琶记》,目的是实现道德教化。其突出道德的主题,是与作家自己的思想密不可分的。高明是元末理学名家黄溍的学生,深为服膺程朱理学思想,创作《琵琶记》就是要以程朱理学的封建伦理道德拯救世俗人心。对此,后世评论家们纷纷指出,《琵琶记》是有关世教的文字,可以"为朝廷广教化,美风俗,功莫大焉"(毛声山评《琵琶记·总论》),以此受到明太祖的推重。《琵琶记》要通过饥荒之年蔡伯喈进京赶考,赵五娘独自奉养公婆的一系列遭遇,来塑造全忠全孝的蔡伯喈和全贞全烈的赵五娘。但客观上,《琵琶记》的意义超越了作者的本来意图。高明由元入明,经历乱世,对社会现象有着个人的深刻体会和认识,高明要以理学拯救世道人心,但对理学的认识并不是刻板的。《琵琶记》对社会悲剧的刻画,始终是最为光彩和动人的,它在与赵五娘一样承受着时代苦难的观众心中引起了深深的共鸣。剧中人物的美好心灵,仍然与今人相通,作品对戏剧冲突的揭示和对现实生活的反映,至今依然震撼着读者与观众的心灵。

丘濬《五伦全备记》是封建社会"三纲五常"的陈列展示。作为朝廷重臣,自当竭力贯彻太祖的戏曲政策。《五伦全备记》形象地阐释了夫妇、父子、兄弟、君臣、朋友的五伦关系。剧中全面地展示了忠孝节义、三从四德、兄友弟恭、朋友有义的纲常道德观念，人物成了绝对化道德观念的化身。最后，剧中正面人物都受到了朝廷封赏，与此同时，由于他们的完美道德，最终由凡人升华为仙人。这种道德图解式的作品，在明代就引起了许多文人的不满，徐复祚在《曲论》中说"《五伦全备记》，纯是措大书袋子语，陈腐臭烂，令人呕。"批评不可谓不严厉。

朱有燉《清河县继母大贤》，写了兄弟争死、继母保全前妻之子的故事。陈罴斋《跃鲤记》写汉时生员姜诗，侍母至孝，妻庞三娘甚贤，全家和睦，赞颂了妻子对婆婆贤惠孝顺，儿子对母亲的至孝。沈鲸所作《鲛绡记》和《双珠记》也表现了有悖人情，绝对化、观念化的封建伦理道德。在《鲛绡记》中，魏必简以鲛绡为聘礼娶沈琼英，经过奸人陷害等一番波折后，魏必简和沈琼英团聚，衣锦荣归。作者在剧中主要表现"妻烈夫忠"的道德模范以及"三从四德"的伦理观念。在《双珠记》中，郭小燕与王楫成婚，后被丈夫王楫上司看中，随即诬陷判决王楫死刑。郭小艳宁死不愿意在丈夫死后改嫁他人，毅然决然卖掉儿子，选择投渊自尽守节，表现了烈女不事二夫的上层伦理观念。

在下层社会普通百姓那里，伦理道德题材也受到广泛欢迎，但跟日常生活相联系，更多是普通民众的朴素的善良道德愿望。叶盛《水东日记》记载了如继母大贤等事的小说戏剧，深受民众青睐。"农工商贩，钞写绘画，家富而人有之"，"好事者目为女通鉴"，非常流行且起到了很好的道德普及作用。一些下层普通文人也热衷于创作表现儒家伦理的戏剧作品。无名氏所作《杀狗记》写孙氏兄弟一家的故事。孙华结交市井无赖，终日沉迷酒色，与同胞兄弟孙荣决裂，并将其赶出家门。孙华之妻杨氏，杀死一条狗假装成死尸，让孙华酒醉回家时撞上。孙华慌乱之下去找无赖朋友，被拒绝。同胞兄弟孙荣顾及兄弟情谊，帮孙华处理"尸体"，兄弟复合。孙荣之悌、杨氏之义因此受到表扬，圆满结束。《荆钗记》开场"家门"表明剧本创作即为表彰"义夫节妇"，提倡夫妇间的相互忠贞信义，叙述了穷书生王十朋以荆钗、大财主孙汝权以金钗分别向钱玉莲求婚，钱玉莲爱慕王十朋的才学，接受了他的荆钗，拒绝了金钗。后经过一番波折，夫妻间仍以荆钗为缘，得以团聚。

明初传奇《裴度香山还带记》和《冯京三元记》剧本故事在两剧完成之前和之后在民间都广为流传。《裴度香山还带记》叙述青年书生裴度自幼父母早死，孤身一人,生活贫苦,在山神庙中暂住读书度日。一日,道人为其看面相,告诉裴度寿命将近。此时,遭人陷害的洛阳太守之女琼英来到山神庙祈求山神保佑,救出父亲。然而琼英所戴的一条玉带不慎丢失,玉带是琼英救父命的唯一依凭。裴度在山神庙中拾到玉带,并无占为己有,而是将玉带还给了琼英。因积善德,得到天助,寿命延长,而且数年后,裴度一举考中状元,娶琼英为妻,衣锦荣归。《冯京三元记》写江夏冯商,家境富裕,中年无子。虽为商人,然而乐善好施,从来只会为别人着想,仗义疏财。玉皇大帝被冯商的善良感动,命文曲星下凡,生于冯家,与冯商为子,名为冯京。冯京果然聪颖过人,去京城应考,连中三元,举家庆贺。两则故事都带有浓厚的善恶果报的意味,劝诫世人向善积德,符合民众的心理愿望。

其他如《薛苞认母》肯定了孝的观念。《守贞节孟母三移》叙述了妇人守节、教子成才的故事。这些大多体现了传统意义上为人们所尊崇的道德信仰如孝道、忠贞、信义、向善等,但这些观念往往不是刻板的,它表达了民间大众朴素的道德愿望。

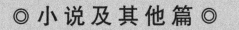◎小说及其他篇◎

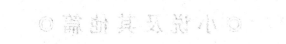

◎小说及其他篇◎

徐渭的"本色"论

　　"本色"是中国古代文学理论批评中一个重要的审美概念。刘勰在《文心雕龙·通变》中首次将"本色"用在文学理论中:"……夫青生于蓝,绛生于蒨,虽踰本色,不能复化。"①意为原本正色,本然之色。后来的文学理论家严羽等人,把本色用于论诗、论词、论文中。到明代中叶,以徐渭为首的戏剧理论家们用"本色"概念来品评、讨论戏剧创作,展开了一场广泛深入的论争,其影响和意义不言而喻,而徐渭则是这场争论的先驱。他首先把"本色"这一审美概念从诗文批评领域成功地移译到戏剧理论范围之中,在中国文学批评,尤其是戏剧批评中考察"本色"概念的意义,毫无疑问,首先要关注的是徐渭"本色"论的内容及意义。关于徐渭的"本色"论,前人多有论述,本文不揣浅陋,以徐渭之前诗文批评中的"本色"论为参照,论述徐渭这一戏剧理论的内容及其在戏剧批评中的意义和地位。

一

　　徐渭之前的文学理论批评中,"本色"较多地运用于诗论文论中。严羽在他的《沧浪诗话》中"以禅论诗",提出"唯悟乃为当行,乃为本色"②,把禅悟作为诗的应有之义。陈师道《后山诗话》及明代唐顺之都有关于"本色"的论述。

　　他们继承了刘勰《文心雕龙》中"本色"的意义,不论是论诗还是论词,都把"本色"作为事物的本质规定。诗词本身都有自己的文体体制,不可破坏原来的体制以逞才学,不可打破原来的规定随心所欲。如陈师道所说:"退之以文为诗,子瞻以诗为词,如教坊雷大使之舞,虽极天下之工,要非本色。今代词手,唯

①　刘勰.文心雕龙[M].北京:中华书局,2000:367.
②　[宋]严羽.沧浪诗话校释[M].郭绍虞校释.北京:人民文学出版社,1961:12.

秦七、黄九耳。"①"以文为诗""以诗为词"虽然可以"极天下之工"，但破坏了诗的神韵、词的气质，便不称其为诗词。具体到一种文体创作中字句的锤炼，亦要使遣词造句与文体创作相符，"盖词中一个生硬字不用，须是深加锻炼，字字打得响，歌颂妥溜，方为本色语"②。严羽以"悟"作为诗的本色，又说"诗难处在结果，譬如番刀，须用北人结果，若南人便非本色"③。明人唐顺之也有对文章"本色"的要求："只就文章家论之，虽其绳墨布置，奇正转折，自有专门师法，至于中间一段精神命脉骨髓，则非洗涤心源，独立物表，具今古只眼者，不足以与此……此文章本色也。"④作文章也要独具只眼，才不空为议论，才为"本色"。

在文体与文体之间的关系上，他们以是否"本色"来严格加以区别界定，不能"以文为诗"或"以诗为词"。相隔几百年，明代李开先与陈师道在文学思想上遥遥相应。李开先在《西野春游词序》中云："词与诗，意同而体异，诗宜悠远而有余味，词宜明白而不难知。以词为诗，诗斯劣矣；以诗为词，词斯乖矣"⑤。（这里的"词"是曲的别称）至如唐顺之论文章，认为诸子百家之文必不能互相剽袭，乃各自成体系，各有本色，方成一家圭臬。

综观陈师道、严羽、唐顺之等人对"本色"的理解，以"本色"来要求文体符合于本身的体制，限制文体之间的交叉，严格文体之间的分野，是他们对诗、词、文体特点的认识，如通常所论的"诗庄词媚曲谐"，是文学理论对一个时期的文学现象的必然反映，是人们对文学现象的理论总结。他们以文体的"本色"要求来表达自己的某种文学观点，如严羽的诗论以盛唐诗歌为标准，以"妙悟"为本色，反对宋诗以学问为诗、以理趣为诗的倾向；唐顺之以文章的"本色"为标准，对抗前七子文必秦汉，学古成为赝鼎，流为钩章棘句的作风，都有了时代的现实意义。但另一方面，用"本色"来限定"文类自身的变异和文

---

①　陈师道.后山诗话·宋诗话全编(二)[M].南京:江苏古籍出版社,1998:1023.

②　张炎.词源·词话丛编(二)[M].北京:中华书局,1981:259.

③　[宋]严羽.沧浪诗话校释[M].郭绍虞校释.北京:人民文学出版社,1961:124.

④　唐顺之.答茅鹿门知县二[M]//郭绍虞.中国历代文论选(三).上海:上海古籍出版社,1980:75.

⑤　李开先.西野春游词序[M]//郭绍虞.中国历代文论选(三).上海:上海古籍出版社,1980:89.

类之间的移译"①,也反映了他们对文学发展的正与变的态度。一直以来,强调"尊体"的文学观念对文论家门产生着很大的影响。李清照提出"词别是一家",强调词体婉约柔媚的传统风格,批评苏轼"以诗为词"的做法,与陈师道"虽极天下之工,要非本色"的主张是一脉相承的。在这种崇正陋变的文学观念的背后,不可否认的是文类之间的渗透、文类自身的变异往往产生了巨大的艺术成就,对文学发展有着积极的意义。例如,宋诗形成以理趣为诗、重哲理、议论的风气,是宋代天才的诗人们面对唐诗这个无法逾越的高度,在焦虑中思考,寻找的出路,也是一种创新。在我们今天看来,他们探索的勇气,追求创新,不蹈袭窠臼的精神是值得我们学习的,而且,宋诗的成就也是非常可喜的,如朱熹的"问渠那得清如许? 为有源头活水来"富有哲理意蕴,耐人寻味。严羽、陈师道等人的"本色"论,在一定程度上否认文学发展中的新变,是较为保守的。

二

徐渭生于 1521 年,卒于 1593 年,活动于嘉靖到万历年间的文坛上。他是明中叶以后日渐活跃的文艺思想界的一位才子。他继承了前代文学理论中"本色"的积极内涵,强调戏剧"歌之使奴童妇女皆喻,乃为得体"②的基本特征。强调戏剧的文体规定性;并赋予了"本色"论新的内涵,具有鲜明的时代烙印。

(一)"得体"

徐渭在《南词叙录》中为南戏争地位:"南曲固是末技……然有一高处:句句是本色语,无今人时文气。"③针对以时文为南曲的创作风气,提出了"得体"的本色观,"歌之使奴童妇女皆喻"。徐渭注意到了戏剧的综合性艺术特征,它要通过舞台表演歌唱,使广大观众明白。这就必须排除《香囊记》以经史、子语入曲,使事用典的堆砌毛病。戏剧的台词须要通俗易解,须有"入耳消融"的特征。在戏剧关目的安排上,也要有使语言配合冲突的表现。在《酹江集·昆仑奴》第一折眉批中,他说:"语入要紧处,不可着一毫脂粉,越俗越家常,越警醒。此才

① 陈维昭.中国古典戏曲理论中的"当行本色"论[J].汕头大学学报(人文社会科学版),2002(03):1-9.
② 徐渭.南词叙录[M].北京:中国戏剧出版社,1959:243.
③ 同②

是好水碓,不杂一毫糠衣,真本色。"①在戏剧冲突激烈、关目紧凑之处,不可过于雕琢,过于华丽,否则反而会影响了"警醒"的效果。在音律上,他主张灵活地运用宫调,反对用刻板成文的格律限制创作。他的"本色"论对戏剧文体提出了较全面的要求。

(二)"文既不可,俗又不可"②

这是徐渭对戏剧唱词和宾白的具体要求。

从"歌之使奴童妇女皆喻"的基本特征出发,徐渭特地对戏剧语言提出了自己的卓识。不能刻意涂抹脂粉,以"经、子之谈"入曲,但又不能失于俚俗,关键在于剧作者能够把常言俗语"点铁成金",恰到好处,不露斧凿之痕。徐渭看到了南曲"村坊小曲为之""南不逮北"的现状,"琵琶尚矣,其次则玩江楼、江流儿、莺燕争春、荆钗、拜月数种,稍有可观,其余皆俚语也"③。对失于俚俗的作品来说,不可能成为佳作。进而,他肯定了《琵琶记》的高度成就:"作村坊小伎,进与古法部相参,卓乎不可及已。"④肯定"清丽之词",肯定文采,但是又不可流于晦涩让人难以理解,"与其文而晦,曷若俗而鄙之易晓也"⑤。他用辩证的眼光看待文与俗的问题,要两者兼顾,浑融一体。他反复强调对语言的锤炼,不是一味要求通俗。

元代戏曲理论家周德清在《中原音韵》"作词十法"中提出戏曲语言应该达到"文而不文,俗而不俗"⑥的标准,这是徐渭"本色"语观灵感的源泉,"填词如作唐诗,文既不可,俗又不可,自有一种妙处,要在人领解妙悟,未可言传。"达到天工机锦、造化无工的超妙境地。

(三)惟"真"乃为本色

这是徐渭重情尚真的审美追求在戏曲理论中的反映。

他在评高明《琵琶记》时指出:"惟《食糠》《尝药》《筑坟》《写真》诸作,从人

---

① 徐渭.徐渭集[M].北京:中华书局,1983:1093.

② 徐渭.南词叙录[M].北京:中国戏剧出版社,1959:243.

③ 同①

④ 徐渭.南词叙录[M].北京:中国戏剧出版社,1959:239.

⑤ 同①

⑥ 周德清.中原音韵[M].北京:中国戏剧出版社,1959:232.

心流出,严沧浪水中之月,空中之影,最不可到。"①他正是看到高明在表现赵五娘含辛茹苦赡养公婆时的委屈必尽,体贴入微,曲词从赵五娘胸中吐出,不加修饰,字字血、声声泪,足以使观众落泪。这种感情的自然流露,一方面显示了高明创作《琵琶记》艺术的高超;另一方面,唯有真情,不虚伪、不矫饰的情感才能打动人心。这与徐渭诗文理论中"出于己之所自得"抒发真情实感的主张是一致的。他也是以此来批判文坛上的复古泥古主义。"分之为诗者,何以异于是,不出于己之所自得,而徒窃于人之所尝言,曰某篇是某体,某篇则否;某句似某人,某句则否;此虽极工逼肖,而已不免于鸟之为人言矣。"而赞扬朋友子肃之诗"其情坦以真,故语五晦,其情散以博。故语无拘,其情多喜而少忧,故语虽苦而少真情"②。一味模仿,亦步亦趋地跟他人背后,只能是鸟学人言,创作要"出于己之所自得",有个人真情实感的抒发,才能有创新,作品才能感人。

徐渭重情尚真的美学思想,还体现在他对生活真实的认识上。徐渭曾写过一副戏台榜联:"随缘设法,自有大地众生;作戏智逢场,原属人生本色。"③一切戏剧都是生活现实的真切再现,跳不出真实的生活。在《西厢序》中对此作了具体的阐述:"世上莫不有本色,有相色。本色犹言正身也,相色替身也。替身者,即书评中'婢作夫人终绝羞涩'之谓也。婢作夫人者,欲涂抹成主母而多插戴,反掩其素之谓也。'"④这里的本色即"正身",即要求真实,表现事物的本来面目。在戏剧创作中,大而在一切文学创作中,都应力戒"涂抹"和"插戴"等修饰和装扮,而应写出真实,即真实的事物和事物的真实。这样,徐渭的"本色"说触及了艺术创作中最根本的问题即如何对待生活。

三

如上述,徐渭"本色"论具有丰富的内涵与深厚的意蕴,他既从前人那里得到灵感,又有自己独特的创新,有着个人对时代的理解。徐渭的"本色"论其成

① 徐渭.徐渭集[M].北京:中华书局,1983:1093.

② 徐渭.叶子肃诗序[M]//郭绍虞.中国历代文论选(三).上海:上海古籍出版社,1980:91.

③ 徐渭.徐渭集[M].北京:中华书局,1983:1160.

④ 徐渭.西厢记徐文长批评本自序[M]//蔡毅.中国古典戏曲序跋汇编.济南:齐鲁书社,1989:647.

就和意义远远地超过了他的先辈，而在晚明那个思想活跃、争鸣迭起的文艺思想界，他对于"本色"的见解在后来的本色争论中逐渐凸显出来，最终证明了他的独到之见。他不仅高出同辈及前人，而且遥遥领先于后来者。

徐渭"本色"说的提出，源自严羽等人的诗论，但两者有着不同的意义。严羽、陈师道等人的"本色"，否定文学发展中的新变，是一种敝帚自珍的固守；而徐渭为南戏正名，是不平则鸣、有感而发的疾呼。徐渭痛心于《香囊记》"以时文为南曲"，郑若庸用编撰类书的方法创作《玉玦记》等摆弄学问、堆砌雕琢的风气。戏剧失去了舞台演出的基本特性，失去了最广大的观众，成为文人案头的摆设，无疑会走上绝路。对于"南戏之厄，莫盛于今"的现状，徐渭及时而必要地重申"本色"，为戏剧正名，重新找回戏剧迷失的审美特征。

徐渭"本色"说一提出，立即引起了人们的极大关注，在明中后期文坛上开始了一场关于文雅与本色的论争，通过论争加深了人们对戏剧的认识，有力地反击了当时文坛的恶劣风气。但最初他们都把注意力集中在了戏剧的语言上，很多人立论失于偏颇，如何良俊，主张以俚俗为本色；沈璟为反对汤显祖的"文采"派主张，要求语言本色，严格格律，走向了极端化；直到王骥德在《曲律》中对"本色"做了总结，"纯用本色，易觉寂寥""本色之弊，易流俚腐"，同时，"纯用文词，复伤雕镂""文词之病，每苦太文"[1]；真正的"本色"语应该是俚俗语文采的统一，既要通俗易懂，又要有一定的文采。这与徐渭的主张相一致，但又有很大的差别。徐渭的"本色"观，不仅包含了戏剧文体的"得体"，而且在戏剧语言上，不单纯是文采俚俗的并用，而着重作家锤炼生活语言，点铁成金，达到造化无痕的境界。

在李贽的戏剧理论中，虽然没有使用"本色"这一概念，但他的"化工"与徐渭的主张有异曲同工之妙。他的"化工"正是徐渭"点铁成金者，越俗越雅，越淡薄越滋味，越不扭捏动人越动人"[2]的"本色"语观的理论总结。李贽在《焚书·杂述·杂说》中指出：

《拜月》《西厢》化工也，《琵琶》画工也。夫所谓画工者，以其夺天

---

① 王骥德. 曲律[M]. 北京：中国戏剧出版社，1998：123.
② 徐渭. 徐渭集[M]. 北京：中华书局，1983：1093.

元明戏曲小说研究

地之化工，而孰知天地之无工乎？今夫天之所生，地之所长，百卉具在，人见而爱之，至觅其工，了不可得，岂其智固不能得之？要知造化无工，虽有神圣，亦不能知化工之所在，而其谁能得之？由此观之，画工虽巧，已落第二义矣①。

真正的"本色"语，应该是不着一字，尽得风流的天然之作，而徐渭在"本色"概念中寄托自己的重情尚真的审美追求，其从"人心流出"的对真情的要求，也是李贽"童心"说的先导。

综上所述，在明代中后期，在文艺思想界，徐渭"本色"观的提出，具有极为重要的里程碑式道德意义。而他的"本色"论的丰富内涵，确立了"本色"作为文学批评，尤其是戏剧批评中一个重要的审美概念。

① 李贽.焚书[M].北京:中华书局,1975:96.

小说及其他篇

古代小说因果报应模式对叙事及
人物塑造的影响

因果报应观念来源于佛教教义,并与中国古代儒家伦理文化、道家阴阳五行循环论相契合,有着深厚的民族文化传统。究其影响,在社会心理方面,形成普遍的善恶报应、转世轮回的社会心理效应;在文学方面,形成了我国古代小说因果报应的叙事模式化特征。在魏晋时期佛家自神其教的文言志怪小说中,因果报应观念作为宣教的主要内容,大肆散播。宋说唱文学中"说经"一支也专以果报宣传为职事。然而,果报作为一种普泛的小说内结构,主要是在明清才变得日益明晰突出①。从六朝到明清,随着小说的发展,因果报应从小说叙事的目的转变为小说叙事的艺术审美形式,并成为我国古代小说的"普泛的内结构"模式,即古代小说叙事中普遍存在的因果报应模式,在明清的白话长、短篇小说中,是小说重要构成因素,甚至在历史小说如《说岳全传》《封神演义》等篇目中,也加入了因果报应、转世轮回的内容。因果报应作为古代小说典型的叙事模式,规范了我国古代大部分小说的样式,使我国古代小说具有了鲜明的民族特征。无论是叙事方式还是人物塑造都受其影响。

一、因果报应模式对古代小说叙事的影响

在中国古代戏曲中,存在着普遍的大团圆结尾,这与因果报应观念的影响有着很大的关系。关于这一点,已经引起了很多学者的共识;同样,在古代小说中,因果报应的创作模式,对小说结构的安排、情节的开展也有重要的影响,使其具有了鲜明的特征。

① 谢伟民.因果报应:古代小说的一种内结构模式[J].社会科学辑刊,1988(5):108-112.

首先,因果报应模式限制了小说的叙事,使得小说结构呈现为非开放性的,小说结局并非不可预见性的,形成一种闭合的圆形的结构特征。"因果律对小说家思维的另一个影响是赋予了他们一种整体思维的眼光,把本来头绪杂乱的现象统一起来。中国古代小说无论篇幅长短,大多具有完整的结构"①。古代小说情节在经过了整篇故事的演绎完成了一个圆形情节路线之后,终归又回到开头的预设,从起点又回到起点。《醒世姻缘传》开头叙晁家家世殷实,晁家是地方上令人羡慕的富户。经过一番世事,两世转换后因果了偿,晁夫人得享天年。在《红楼梦》里,用它的神话结构来说,石头的补天神话本是大荒山青埂峰下一块未得补天、弃之不用的顽石,历经一番梦幻,又由空空道人携归此处。在太虚幻境里,原有一群女子,下凡历劫后又到警幻仙子处销号,重回离恨天,完成了神话结构的圆形构建。在世情现实结构的结撰上,初时贾家处于"鲜花着锦,烈火烹油"之盛,经过一番兴衰荣辱之后,贾家又"兰桂齐芳",家道复初。

古代小说为使首尾结构完整,在小说结尾处有"榜"。《封神演义》第九十九回"姜子牙归国封神",列有三百六十五位"正神"之位,是为"封神榜"。庚辰本《石头记》(《红楼梦》)第十七、十八回"介绍妙玉"时,有眉批:"树(前)处引十二钗总未的确,皆系漫拟也。至末回警幻情榜方知正、副、再副,及三、四副芳讳。壬午季春,畸笏。"可知作者曹雪芹在创作《红楼梦》时,原拟在末回"附"有一张"情榜"的。遗憾的是"壬午除夕,书未成,芹为泪尽而逝"。周汝昌先生研究后认为,《红楼梦》中的"情榜"应是列一百零八位女钗,正与《水浒传》中的一百零八条好汉(有三位即顾大嫂、孙二娘、扈三娘虽为女子,但是绿林英雄也)成为"对仗",即"绿林好汉"对"红粉佳人"。其他非因果关系结构的小说里,也有"榜"(周汝昌,2003)。《水浒传》第七十一回"忠义堂石碣受天文",列有梁山泊一百单八条绿林好汉的"忠义榜"。《儒林外史》第五十六回列有一张"幽榜"。《西游记》第一百回"径回东土,五圣成真"列有一张"佛榜"。显然,古代小说中的"榜",有绾结全篇的作用,把复杂的头绪和线索整合在一起,凸显小说的主要内容,便于读者掌握。

其次,影响小说情节发展的各种外在因素,多归于因果。古代小说用因果

① 刘勇强.古代小说因果报应观念的艺术化过程与形态[J].文学遗产,2007(1):118-129.

报应作为小说整体构架,在情节发展的过程中,因果报应思维往往伴随其中,甚至在一些小说中,影响故事情节发展的因素虽有许多种,但作者却把这些因素归于因果。在组织情节的时候,往往忽略了现实生活的逻辑,硬拉入因果的设定中,使得艺术真实性反而削弱了,典型莫过于《醒世姻缘传》,作者西周生在小说"引起"中直接交代了狄希陈妻妾:

> 俱善凌虐夫主,败坏体面,作出奇奇怪怪的事来。若不是被一个有道的真僧(胡无翳)从空看出,也只道是人间寻常悍妻恶妾,那知道有如此因由果报?这便是恶姻缘。

人间寻常夫妻琐事,披上了一层因果报应外衣,把不可解的伦理颠倒、妻妾凌虐的现实归因于简单的两世轮回的善恶报应。在后世姻缘中,更把狄希陈等人的家庭生活和科场进取,喜乐中否皆归结于善恶因果的显现。不学无术的狄希陈,靠舞弊中了功名,靠纳捐做了官,竟一直做到成都府,经历这一切在作者那里都是命定的因果,因为在当年绣江县明水镇洪水泛滥的时候,已有仙人预先说过,并把有贵命的狄希陈从洪水中救出。然而现实生活中狄希陈的作为是有着生活逻辑的。狄希陈从娶妻到考试到做官,周围的生活都是当时现实的写实反映。在这里作者的笔触是非常逼真的,反映了当时科场舞弊之风,以及狄希陈周围形形色色人物的各种原生态,本只"是人间寻常悍妻恶妾"。但作者为了完成因果报应的故事框架,生硬地把人物经历用因果来阐释,反而削弱了作品的艺术真实性。

在历史题材小说中,血淋淋的战争杀伐,硝烟弥漫的朝代更迭也变成了因果的逻辑。《封神演义》第一回写纣王往女娲宫进香,看见女娲圣像"国色天姿,婉然如生",于是"神魂飘荡,陡起淫心",在行宫粉壁上题了一首诗:

> 凤鸾宝帐景非常,尽是泥金巧样妆。曲曲远山飞翠色,翩翩舞袖映霞裳。
> 梨花带雨争娇艳,芍药笼烟口媚妆。但得妖娆能举动,婑回长乐侍君王。

女娲拯救了天地，人神共敬，人间为她建造了供奉香火的行宫，是人们信仰中的神。纣王作诗含侮辱之意，招来女娲娘娘怨恨，为商朝埋下了灭亡的种子，也表达了民众对残暴不仁、肆无忌惮昏君的痛恨。《三国志平话》的开首是这样的：叙述东汉光武年间，书生司马仲相在御花园饮酒读史，对秦始皇残暴却得天下，甚为愤慨，有"怨天地之心"，于是天公委任他为阴司之君审理西汉初年高祖、吕后杀害韩信、彭越、英布三位功臣的冤狱。最终的判决是："汉高祖负其功臣，却交三人分其汉朝天下：交韩信分中原为曹操，交彭越分蜀川为刘备，交英布分江东长沙为吴王孙权；交汉高祖生许昌为献帝，吕后为伏皇后。交曹操占得天时，囚其献帝，杀伏皇后报仇；江东孙权占得地利，十山九水；蜀川刘备占得人和，刘备索取关、张之勇，却无谋略之人，交蒯通生济州，为琅琊郡复姓诸葛，名亮，字孔明，道号卧龙先生，于南阳邓州卧龙岗上建庵居住。此处是君臣聚会之处，共立天下往西川益州建都为皇帝，约五十余年。交仲相生在阳间，复姓司马，字仲达，三国并收，独霸天下。"这里，借用因果报应思想表达民间对汉初高祖、吕后诛杀功臣的历史非议。其间不难发现民间对封建统治者忘恩负义、凶险残暴的诅咒情绪及为受屈者报打不平的愿望，它在某种颠三倒四的巧合中把历史进行折叠游戏，以相当出色的联想和类比，使洒满血和泪的王朝开国、亡国的历史蒙上了一层荒诞感与果报决定气息。《说岳全传》第一回的预叙发生在佛教世界。小说对岳飞精忠报国和围绕着抗金战争的忠奸斗争、宋朝江山的动荡进行了一种神话性的阐释，把复杂的历史事件归结为宿怨报应，也为其后的大忠大奸、错综复杂的人事关系提供了一个带预言性的"元故事"，一个想象奇丽的"后神话"（杨义，1997）。《女仙外史》第一回"西王母瑶池开宴，天狼星月殿求姻"也是全书的因果预设。在瑶池宴会上天狼星（后转生为明世祖）醉后向嫦娥求姻，惹怒嫦娥，下凡转生为农民起义军的领袖唐赛儿，把一场人间的反抗斗争归结为一段天宫中的恩怨。

再次，中国古代小说受佛教因果报应观念影响，用因果报应模式结构小说的时候，往往使用高僧（尼姑）点破世人的模式。这些僧道往往能够超越三世，明悟因果，看清前生与后世，在矛盾激化、不可化解的时候由他们出来为小说中人物点明因果，化解矛盾。而当小说结尾，一切人物、事件将离开舞台时，叙述者仍要以一些颇具匠心的笔法缩结全文，将前文的隐晦处一一点破。在中国的小说中留有悬念,被看作是不能容忍的,一切都要因果分明。在因果报应模式中设置的僧道点破的情节,在古代小说中起到缓解矛盾,使情节逆转的作用,一定程度上消解了叙事情节张力,拥有促使结尾向着团圆转化的功用。小说作者使用这样的桥段叙事,有着避实就虚的机巧,省了叙述者不少解决矛盾的气力。

《金瓶梅》前九十九回展现西门庆等人的生活遭遇,最后一回借普静和尚之口,说明人物来生的投向。西门庆生时"造恶非善",死后转生托化为月娘的遗腹子孝哥,本要荡散家财,身首异处,因为得到普静的度脱,皈依佛门,于是消解冤孽,免遭恶报。《醒世姻缘传》中,晁源托生的狄希陈,迷恋孙兰姬,引起狄母恼怒,要把狄希陈治理调教一番,可是偶然之间遇到善说三世因果的尼姑李白云,解说了狄希陈的前世今生,原来狄希陈和孙兰姬是前世结下的短暂的缘分,不用狄老婆子烦恼,自有很快结束的一刻。而后来狄希陈娶下的嫡妻计氏、小妾童氏都是前世晁源造下的冤孽,今生在狄希陈身上得以报偿。有了此种解释,狄希陈对计氏、童氏自虐式的逆来顺受,就有了因果的逻辑。小说结尾处,人物恩怨相报将近了结的时候,得道高僧胡无翳,点明狄希陈两世因果缘由,于是狄希陈在胡无翳的指引下,持斋念经,超度罪孽,大半生受计氏榍折的冤孽消除,计氏死,狄希陈得以家宅和宁。《红楼梦》中一僧一道也是宝黛等人两世转化的见证。"通灵宝玉"的来历是靠一僧一道来点化的:"通灵宝玉"由此二人携入红尘,入贾家与宝玉合二为一;后宝玉在一僧一道的指引下,出家飘然而去。小说里一僧一道在三界太虚幻境、大荒山青埂峰和现实世界之上,所以能够点化人物,完成小说因果轮回的叙事模式。

最后,因果转世轮回的叙述方式也使小说获得了叙事时空的延展,为小说增加了内涵和表现力,获得了独特的艺术审美效果。因果报应模式拓展了古代小说的叙事时空。古代小说中,因果报应可以在现世进行演绎,更多是在前世和今生、今生和后世,甚至三度时间维度中展现。在叙事的空间上,在现实题材、世情题材中加入了地狱、天堂的空间。《红楼梦》开头虚构的太虚幻境是主人公林黛玉和贾宝玉结缘的地方,神瑛侍者以甘露之惠润泽了灵河岸边三生石畔的绛珠仙草,绛珠仙草得以修成人形,日日想着报答神瑛侍者甘露之惠,于是愿下世为人,用一生的眼泪偿还灌溉之恩:

西方灵河岸上三生石畔有绛珠草一株，时有赤瑕宫神瑛侍者日以甘露灌溉，这绛珠草始得久延岁月。后来既受天地精华，复得雨露滋养，遂得脱却草胎木质，得换人形……只因尚未酬报灌溉之德，故其五内便郁结着一段缠绵不尽之意。恰近日这神瑛侍者凡心偶炽，乘此昌明太平朝世，意欲下凡，造历幻缘，已在警幻仙子案前挂了号。警幻亦曾问及，灌溉之情未偿，趁此倒可了结的。那绛珠仙子道："他是甘露之惠，我并无此水可还。他既下世为人，我也去下世为人，但把我一生所有的眼泪还他，也偿还得过他了。"

作为前世姻缘的起点，太虚幻境是作者虚构的虚灵的空间，凌驾于俗世之上，亦真亦幻，使得小说的主体情节获得了多重审美效果。它使人既为现实悲剧的具体过程所吸引，又暗示人们要超越悲剧情节本身，遐思冥想，到超现实的世界中去遨游，从而形成了《红楼梦》意蕴的多层性、多义性。试图为《红楼梦》确定一个单纯题旨的努力，在这种艺术构造中是找不到依据的。在《封神演义》等历史小说中，创作者借助它们的因果框架更多地表达了民间普通大众的审美和善良愿望，在把严肃的历史加以谐谑化的解构中，带上人间凡俗七情六欲的烟火味，体现了通俗文学面向民间大众、取悦读者的创作倾向。

二、因果报应模式对小说人物塑造的影响

我国古代小说在人物塑造方面具有鲜明的特征，人物形象性格鲜明、稳定、突出，便于记忆传诵，在一定程度上，这跟我国古代小说特别是通俗小说来源于民间说书艺术有关①。作为口头传播的艺术，在塑造人物的时候往往使用夸张的手法，使人物形象具有鲜明的特点，给听者留下深刻印象。因果报应模式成为古代小说普遍的特征，当然也对小说的人物塑造产生这样那样的影响。在一定程度上，因果报应的运用，使古代小说强化了，甚至固化了人物塑造的这方面特征。

在因果报应叙事模式下，人物的前世今生乃至后世，行为性格特征都是有

---

① 纪德君.中国古代"说书体"小说文体特征新探[J].文艺研究,2007(7):48-55.

着因果联系的。因此,人物的性格往往是由作者规定好了的,前世的作为在后世有着必然的显现,符合因果的设定,往往不会从人物的成长背景以及其他外在因素的影响来塑造人物,因此人物性格稳定、单一、缺乏发展和丰富性。《醒世姻缘传》中梁生为报恩转世为晁梁,他具有童子般的心性,一心一意服侍母亲晁夫人,禀性纯真,毫无瑕疵,甚至在娶妻生子后,仍然像个孩子一样依偎在晁夫人身边,膝下承欢。二世里的狄希陈在面对妻妾时的胆战心惊、战栗悚惧,是有着很大的夸张成分的,高于现实逻辑的,但因为有着前世恩怨相报的规定性,所以在作者那里反而是理所当然的。《金瓶梅》最早的续书名为《玉娇李》(或作《玉娇梨》)。据沈德符《万历野获编》载,这本书也是出于《金瓶梅》作者之手,袁中郎知其梗概:"与前书各设因果报应,武大后世转化为淫夫,上烝下报,潘金莲亦作河间妇,终以极刑,西门庆则一骏憨男子,坐视妻妾外遇,以见轮回不爽。"(袁行霈,2006)围绕因果报应观念,在人物的艺术真实性上就有了欠缺。即使被鲁迅称为"传统的思想和写法"都打破了的《红楼梦》,固然人物形象内涵十分丰富,但是一些人物仍然有着作者为设置因果而事先进行的预定。林黛玉因为前世欠下的灌溉之情,下世为人时多情的眼泪,就成了人物的基本特征:爱哭,多愁善感,娇弱多病,敏感善妒,人物缺乏发展变化。在因果报应创作模式结构的小说里,不能从现实生活出发来塑造人物性格特征,或者创作者刻意忽略这方面的因素,往往降低了小说的艺术真实性。古代小说单一化、固定化的人物特征,《红楼梦》是一个突破,但《红楼梦》仍然有因果报应预设的影子,直到近现代的小说家那里,传统的写法才真正改变。

　　另外,在因果报应的故事框架下,我国古代小说塑造的人物形象道德化倾向较为明显。鲁迅说过,我国古代小说的传统格局是"叙好人完全是好,叙坏人完全是坏"(《中国小说的历史变迁》)。佛家的善恶报应观念非常符合民众的日常心理:"善有善报,恶有恶报,不是不报,时候不到。"反映在小说因果报应的故事里,反映在人物形象特征之中,就是人物好与坏的道德化倾向。在《金瓶梅》及其另一部续书《隔帘花影》中,在西门庆及其一家两世轮回的故事里,人物的善恶道德特征对应着因果逻辑。西门庆是淫乱无度、贪婪狠毒的,因此来世变作下场凄惨的乞儿;与此同时,吃斋行善的吴月娘终有好报。在《醒世姻缘传》中,主要人物的善恶道德倾向更加突出,善人和恶人泾渭分明。晁源的母亲晁夫人具有救世圣母般的胸怀与善良:她能够善待西宾邢皋门,识才爱才,处处爱护;对于受到晁源陷害落难的胡旦、梁生,能够偷偷救助;在儿子、丈夫死后,面对族人的欺凌,竭力支撑家庭,并且丝毫不去怀恨,把家庭的资产分给贫困的族人;在荒年,赈济灾民;抚养幼子晁梁成人,打发晁梁生母春莺嫁人。晁夫人的善良使得她救助下的梁生,转世为幼子晁梁服侍晁夫人终老,晁夫人得以颐养天年,终得善报。其他人物无不如此,荒淫残酷的晁源转世为心惊胆战的狄希陈,受尽妻妾凌虐;一些小人物,如塾师汪为露敲诈学生、为恶乡里、无恶不作,结果被侯小槐占去家产、夺走妻子,报应而死;有趣的是,侯小槐不能以德报怨,反而占人财产妻子,结果又遭到同样的下场;市井无赖魏三,欺人钱财、诈人子嗣,最后暴死狱中;一些官吏因为正直爱民而得到重用,如徐宗师、邢皋门,在这里一切都逃不过善恶因果冥冥之中的掌控,所以善人、恶人,道德分明,甚至在插入因果的历史演义小说里,也加重了历史人物的道德化分量:《说岳全传》中的历史人物岳飞和秦桧,分别是忠、奸道德的化身;《封神演义》里殷纣王出奇的残忍暴虐,加速了商汤灭亡的速度。因此,在善恶因果报应的观念影响下,古代小说人物的善恶道德特征非常突出,这也成为我国古代小说的一大特征,也因此影响了我国读者的阅读审美习惯,形成了以善恶好坏来评论人物的欣赏习惯。

自六朝志怪小说以来,因果报应在小说中屡见不鲜。在明代白话短篇小说集《喻世明言》《警世道言》《醒世恒言》(简称"三言")中,编撰者修葺于作品开卷或结束处,把人物命运的曲折变幻,归之于果报不爽的普遍法则。"殃祥果报无虚谬,咫尺青天莫远求"(《蒋兴哥重会珍珠衫》),"善恶到头终有报,只争来早与来迟"(《张廷秀逃生救父》),"世人尽说天高远,谁识阴功暗里来"(《吕大郎还金完骨肉》),这些加在回前或回后的题诗,使得极其多样的现实生活事件蒙上了一层哲理的、神秘的薄纱,都转化为善有善报、恶有恶报的过程。错综多变的事件轨迹,都被纳入了报应的规整化、定型化的模式。不同题材的故事都被纳入果报虚无的架构,表明因果报应已普遍地积淀在民族意识的深层。从佛教而来的三世因果之说与文学相结合,与中国本土文化相结合,演变为普通民众的日常信仰,积淀在民族深层意识里。因此,在通俗文学领域,研究中国古代小说甚至古代戏曲都离不开这样一个因素。

史实意识与古代小说创作

与抒情文学的诗歌相比,古代小说作为叙事文学产生的时间较晚,而其成熟更是到了唐代。鲁迅在《中国小说史略》中谓唐传奇,"始有意为小说",而鸿篇巨制则到了明初才出现。古代小说一诞生,就属于史实的附庸,古代小说作家一方面把小说作为正统经史之余的游戏笔墨,另一方面把经史的笔法用于小说创作,古代小说体现了作家们强烈的史实意识。

一

我国古代传统文人往往以实录的眼光来看待作为文学创作的小说作品,希望小说记载真实可信,可资考证,以小说补史。因此,观照古代的小说,我们可以发现,从六朝志怪到明清小说史实意识与纪实思维一直存在,影响了古代小说的发展进程。

(一)信其为实有的记录

六朝志怪志人小说一般被认为是中国古代小说的源头,志人小说如《世说新语》为魏晋时期士人风流的记录,是实有其事的生动描述,当然毋庸置疑。但六朝志怪小说中内容怪奇、荒诞不经的故事,在六朝时期的作家看来,他们是把神鬼怪奇之事当作实有之事来记录的。《搜神记》是志怪小说的代表作,作者干宝自称其创作目的乃是为"发明神道之不诬"。刘义庆的《宣验记》、王琰的《冥祥记》、颜之推的《还冤志》等,则全是"释氏辅教之书",是出于佛教宣传的需要,佛经故事虽然荒诞,但人们是相信的。在当时以及后来很长的时间内,小说创作者和接受者都是持以信其有的态度。

唐初编撰的《隋书·经籍志》是成熟的四部分类法史学目录,它在著录六朝小说的时候,把志怪小说放在了史部杂传类,其小序曰:"古之史官,必广其所记,非独人君之举……魏文帝又作《列异》,以序鬼物奇怪之事,嵇康作《高士传》,以叙圣贤之风。因其事类,相继而作者甚众,名目转广,而又杂以虚诞怪妄之说。推其本源,盖亦史官之末事也。"《隋书·经籍志》认为,六朝时期的这些书籍记载虽然为"鬼物奇怪之事""虚诞怪妄之说",然而这仍然是史官的职责范围,也就是说六朝志怪小说作家创作的纪实思维符合史官记录历史的实录习惯;而且在唐初,人们的鬼怪观念仍然没有变化,不论是作家,抑或是史官对于鬼怪故事都是信其为实有的记录。《隋书·经籍志》史部杂传类著录了《宣验记》《应验记》《冥祥记》《列异传》《搜神记》等三十六部志怪小说,史书作者认为宜其将这类书归入史部。与此同时,六朝时期的志人小说,在《隋书·经籍志》则归入了子部小说类。这一点与今人对于小说的分类相符合。从《隋书·经籍志》的著录来看,六朝以至于唐初,小说创作者甚至一般文人都把小说作为历史来看待,一方面说明小说还没有取得独立的地位,另一方面受史学的影响,沉淀了小说作家创作的纪实思维。

(二)历史演义的虚实架构

到了宋元时期,小说作家的纪实思维使得他们撇开了个人创作,开辟了以史书为基础的说话"讲史",甚而发展成波澜壮阔的历史演义的潮流。宋元说话艺术中有"讲史"一门,留下了讲史话本诸如《三国志平话》等。元末明初,出现了具有里程碑意义的鸿篇巨制历史演义著作《三国志通俗演义》。此书一出就受到人们的喜爱,由于明代弘治、正德年间刻书业的推动,小说作家对于此种创作更是趋之若鹜;以至于明末到清初中国历史几千年列朝历代都差不多被演义一遍,对此,明代的可观道人有一段较好的概括:"自罗贯中氏《三国志》一书以国史演为通俗,汪洋百余回,为世所尚。嗣是效颦日众,因而有《夏书》《商书》《列国》《两汉》《唐书》《残唐》《南北宋》诸刻,其浩瀚几与正史分签并架。"(丁锡根,1996)

历史演义的创作脱离不开历史事实,然而小说艺术既有的审美特征要求必须有虚构的成分;历史演义小说虚实如何建构,在这一点上,小说创作者们既有的纪实思维使他们不愿意脱开历史。

明代最先涉及历史小说虚实问题的是蒋大器的《三国志通俗演义序》,他肯定《三国演义》"文不甚深,言不甚俗,事纪其实,亦庶几乎史",并以史家的观念赞赏罗贯中"考诸国史""留心损益"的创作方法;修髯子在《三国志通俗演义引》中阐发了同样的观点,认为演义"羽翼信史而不违"。此后又有林瀚的"正史之补"说,同样从史学的角度持论。他补写《隋唐志传通俗演义》的原则就是"遍阅隋唐书所载英君名将忠臣义士,凡有关于风化者悉为编为一十二卷",完全是据史实录,稍加编排而已。他还特地告诫读者此书乃"正史之补"。再如余邵鱼:"庶几后生小子,开卷批阅,虽千百年往事,莫不炳若丹青;善则知劝,恶则知戒,其视徒凿为空言以炫人听闻者,信天渊相隔矣。继群史之遒纵者,舍之传其谁归!"反对小说"徒凿为空言以炫人听闻",称《列国志传》为"继群史之遒纵者"。余象斗在《题列国序》中也把《列国志传》誉为"诸史之司南"。冯梦龙在《列国志传》的基础上改编的《新列国志》,其创作原则是:"本诸《左》《史》,旁及诸书,考核甚详,搜罗极富,虽敷衍不无增添,形容不无润色,而大要不敢尽违其实。"使某些章节变成了正史材料的联缀和演义,"与《三国志》汇成一家言,称历代之全书,为雅俗之巨览,即与'二十一史'并列邺架,亦复何愧?"缺乏生动的虚构情节,人物自然干瘪无力,而失去其独特价值。清代蔡元放把历史小说创作的纪实性推到了极端。他干脆把《东周列国志》当成正史来写,又告诫读者"全要把作正史看,莫作小说一例看了。"

从古代小说作家及批评家那里可以看出史学观念的根深蒂固,史学的纪实思维强调历史演义小说符合历史事实,这与小说文学的审美特征背离,也因此引起了后人的诟病。

(三)着意采择时事,以示劝惩

古代小说作家在进行创作的时候,受纪实思维的影响,总是力求在作品中有实际社会人生的印证,使得叙述故事真实可信,以便于达到劝惩世人、更有说服力和吸引力的实际效果。

明清时期有代表性的文言小说集是《剪灯新话》和《聊斋志异》。作家在谈到各自的创作动机的时候,都特意表明了创作的故事即使怪异瑰奇,然而仍是有来历出处,自觉强调了有助于劝惩的功用。瞿佑《〈剪灯新话〉序》中称:"好事者每以近事相闻,远不出百年,近止在数载,襞积于中,日新月盛,习气所溺,欲罢不能,乃援笔为文以纪之。""今余此编,虽于世教民彝,莫之或补,而劝善惩恶,哀穷悼屈,其亦庶乎言者无罪,闻者足以戒之一义云尔。客以余言有理,故书之卷首。"（瞿佑,1981）蒲松龄《聊斋自志》中自谓:"才非干宝,雅爱搜神;情类黄州,喜人谈鬼。闻则命笔,遂以成编。久之,四方同人,又以邮筒相寄,因而物以好聚,所积益夥。"（丁锡根,1996）瞿佑和蒲松龄在叙述各自成书的自序中都强调了搜集四方友朋言谈见闻以成书的过程,使得作品虽然是谈鬼说怪,由于是集众人之言,就达到了耸动众人听闻的效果。

成书于晚明的白话短篇小说集"三言二拍",就其成书过程来看,依然是事有依据。"三言"的大部分篇目来源于宋元话本的改编,少部分来自于明初文言小说和冯梦龙采摘当时事件敷衍成篇。就"二拍"来看,几乎全是凌濛初根据时事创作改编成书。凌氏的创作动因一方面是白话小说的热销,作为书坊主人,自然要不遗余力刊刻书籍,牟利赚钱;另一方面,作为封建时期的文人作家,凌氏在"二拍"中寄予了苦心的劝惩愿意和浓重的道德说教。因此,"二拍"的现实书写,一方面是书籍刊刻销售的需要,另一方面也使得故事具有了现实的可信性,吸到了读者,强化了小说的劝惩效果。

二

探究古代小说作家创作史实意识的原因,可以发现,在中国的传统学术分类中,经书史传是正统学术,经学数量有限,而史学则非常发达。历朝历代重视修史,以史为鉴,信史可以作为一代得失成败的借鉴,因而史官地位崇高;成为史官,留名青史,丹心汗青,则是古代文人的至高追求。与此相反,从传统学术分类的子部小说家类来看,小说与经史就是卑下与崇高、小道与大道的关系。最早论到小说的《庄子·外物》中说:"饰小说以干县令,其于大达亦远矣。""小说"虽可以"干县令",但是相比大道则远远不如,就太浮薄不经了。东汉班固《汉书·艺文志》在"诸子略·小说家序"对于小说的论述影响深远:

> 小说家者流,盖出于稗官。街谈巷语,道听涂说者之所造也。孔子曰:"虽小道,必有可观者焉,致远恐泥,是以君子弗为也。"然亦弗灭也。闾里小知者之所及,亦使缀而不忘。如或一言可采,此亦刍荛狂夫之议也。

《汉书·艺文志》源于西汉刘歆《七略》，其对于小说的定义，"街谈巷语，道听涂说"，不足为人道，态度极其鄙视，孔子认为其有"可观者"，转而亦觉得"或一言可采"。《汉书·艺文志》之后，后世大多持类似观点，对于小说的评价不高。因为此种原因，在小说的发展过程中，一些小说家不甘于小说的没落、无足轻重的地位，屡屡尝试对小说地位进行纠偏正名的努力。

古代小说作家积极将小说向史书靠近和提升，将其创作与史书联系起来，甚而使小说抬升至史书的高度，并把它看作是对于历史的补充。早在东晋时期，葛洪《〈西京杂记〉序》就指出："今钞出为二卷，名曰《西京杂记》，以裨《汉书》之阙。"（丁锡根，1996）唐代刘知几《史通·杂述》篇鲜明地提出以小说补史的观点："是知偏记小说，自成一家，而能与正史参行，其所从来尚矣……大抵偏记、小录之书，皆记即日当时之事，求诸国史，最为实录。"

纪昀等人继承了传统的小说补史说，以史家的标准来衡量小说的成败优劣。从《四库全书总目提要》中为子部小说家类所作的提要中可以看到：

> 《唐国史补》篇云："末卷说诸典故，及下马陵、相府莲义，亦资考据。"
>
> 《松窗杂录》篇云："（书中）载李泌对德宗语论明皇得失，亦了若指掌。"
>
> 《通鉴》所载泌事，多采取李繁《邺侯家传》，纤悉必录，而独不及此语，是亦足以补史阙。"
>
> 《珍席放谈》篇云："书中于朝廷典章制度、沿革损益，及士大夫言行可为法鉴者，随所闻见，分条录载，如王旦之友悌、吕夷简之识度、富弼之避嫌、韩琦之折佞，其事皆本传所未详，可补史文之阙。"
>
> 《南窗记谈》篇云："所记多名臣言行及订正典故，颇足以资考证。"

《总目提要》编撰者用心良苦，把小说的真实可信、史料作用放在了很高的位置。

从六朝小说诞生的时候开始，关于小说地位的问题就在讨论；明清时期是

元明戏曲小说研究

我国古典小说发展的高峰阶段,其间,不间断地使小说竭力向"史"靠拢。中国古代小说始终与"史"保持着难舍难离的关系,前者总是极力向后者靠拢。所以,在诗歌领域,具有"诗史"品格的诗歌,是诗之极品;在对小说进行评价的时候,也以史为贵,认可小说的补史作用、史料价值。

李昌祺研究专题

对于李昌祺个人生平思想及家世的研究,较早的是乔光辉著的《李昌祺年谱》①,系统梳理了李昌祺的生平资料,但仍然存在缺漏。硕士论文《李昌祺及其诗集〈运甓漫稿〉研究》②对李昌祺生平、家世、交游有所补充,如李昌祺家世的考论,对其母亲、兄弟作了考证,但所述有限。关于李昌祺思想的研究,乔光辉《大报恩寺与李昌祺的佛教情结及其对〈剪灯余话〉的影响》认为:李昌祺"董役长干寺"的特殊经历,凝结成为其内心隐秘的佛教情结③。李华《从〈运甓漫稿〉探寻李昌祺晚年思想与诗风的转变》认为:晚年隐居时期,李昌祺受老庄、佛教思想的指引,在田园生活的淘洗下,逐渐推翻了早期建构的以"名"为核心的人生价值体系,摆脱了功名富贵的牵绊,获得了心灵的重生④。

对于李昌祺诗词集《运甓漫稿》的研究,学术界大多从诗词集《运甓漫稿》出发,结合李昌祺的人生轨迹,来谈其人思想特征与其诗歌特征。代表性研究成果较早有乔光辉《徘徊在"台阁"与"山林"之间的孤独者——〈运甓漫稿〉的文化心理释读》⑤。后出者陈文新、李华《从首届翰林院庶吉士到河南左布政使——〈运甓漫稿〉所见李昌祺的人生轨迹与诗风变迁》认为,从"首届"翰林院庶吉士到长期担任河南左布政使,李昌祺的人生轨迹和诗风经历了重大转折。

① 乔光辉.李昌祺年谱[J].东南大学学报(哲学社会科学版),2002(6):103-111.

② 李荣荣.李昌祺及其诗集《运甓漫稿》研究[D].西安:西北大学,2015.

③ 乔光辉.大报恩寺与李昌祺的佛教情结及其对《剪灯余话》的影响[J].东南文化,2005(3):48-53.

④ 李华.从《运甓漫稿》探寻李昌祺晚年思想与诗风的转变[J].中国文学研究,2015(1):57-61.

⑤ 乔光辉.徘徊在"台阁"与"山林"之间的孤独者——《运甓漫稿》的文化心理释读[J].中国韵文学刊,2004(3):48-53.

早年选授庶吉士、升任礼部主客司郎中，激起了他强烈的功业之心与忠君之意，其诗烙有浓重的台阁印记。中年两遭贬抑、两度外任，饱经忧患，对社会苦难的关注和对个体苦难的咀嚼，使其转而践履儒家的仁爱之道，思考功名的价值意义，并向佛教中寻求心灵慰藉，其诗风也逐渐转向杜甫、白居易一路。这些转变都在其诗词集《运甓漫稿》中有鲜明体现。因此，以《运甓漫稿》为素材，有助于更为深入地考察李昌祺其人其诗的变迁①。硕士论文《李昌祺及其诗集〈运甓漫稿〉研究》②也从李昌祺的诗词研究了他作为普通文人、父兄等表现出的丰富的情感世界。李华《从〈运甓漫稿〉探寻李昌祺晚年思想与诗风的转变》③认为，由于李昌祺晚年思想的转变使得他向陶渊明和民间文学取法，他的诗歌也得以突破台阁体的窠臼，继而形成了情感真挚深沉、语言明快质朴、用韵随意自由的独特风格。这使得李昌祺完成了从遵循主流到背离主流的蜕变，成为当时文坛的另类。关于李昌祺《运甓漫稿》中词作的研究，专篇论文李华《论李昌祺的词》④对李昌祺早年庶吉士阶段的词作与晚年乡居时期的词作内容进行了分析，并对其词作艺术成就进行了概括。

对于李昌祺文言小说集《剪灯余话》的研究，一般是把它作为"剪灯系列"小说来研究的。这方面以乔光辉《明代剪灯系列小说研究》⑤为代表。乔作把《剪灯余话》作为单独的一部分，进行了较为全面的研究，研究了《剪灯余话》小说的版本、内容分类、作家年谱及其思想。此外，在《剪灯余话》的创作思想的研究中，有代表性的观点如，认为《剪灯余话》反映了"李昌祺贬谪房山时的特殊情怀"，并有着"重建理学道德规范"的意识⑥。李昌祺的庶吉士教育影响了李昌祺的道统文学观，并在《剪灯余话》中表现出了风教意识，道统文学观也决定了

①　陈文新、李华.从首届翰林院庶吉士到河南左布政使——〈运甓漫稿〉所见李昌祺的人生轨迹与诗风变迁.哈尔滨工业大学学报(社会科学版),2012(1):87-91.

②　李荣荣.李昌祺及其诗集《运甓漫稿》研究[D].西安:西北大学硕士论文,2015.

③　李华.从《运甓漫稿》探寻李昌祺晚年思想与诗风的转变[J].中国文学研究,2015(1):57-61.

④　李华.论李昌祺的词[J].中国文学研究,2012(4):29-32.

⑤　乔光辉.明代剪灯系列小说研究[M].北京:中国社会科学出版社,2006:48-53.

⑥　萧相恺.试论李昌祺《剪灯余话》的创作思想——兼与《剪灯新话》比较[J].南京师大学报(社会科学版),2002(5):132-139.

《剪灯余话》的写作方式①。在乔光辉《大报恩寺与李昌祺的佛教情结及对〈剪灯余话〉的影响》中认为大报恩寺的经历促成了李昌祺的佛教思想情结,作者把这种情结贯注到了小说的创作中②。

一、李氏家世、家风

关于李昌祺家世资料所存甚少,仅杨荣作《故盘洲李处士墓志铭》所记较为详细:

> 正统元年秋,河南布政使李祯昌祺述职来京师,造予,以其先考盘洲处士墓志铭为属。曰:"惟祯之先人,生有懿德善行,足以表着于世。卒葬以来,且踰一纪,而幽堂之铭,迨今未刻,用是夙夜痛心,恩无以逭不孝之罪,谨撰次事实以请。"余与昌祺相知非一日且稔,闻处士之贤,不可以不铭,乃序而铭之。
>
> 处士讳揆,字伯葵,其先金陵人。宋南渡时,有尚书郎讳义者,徙家江西之吉水,又数迁至今庐陵之螺冈。曾祖讳良,叔祖讳华道,皆贤,而隐于医。考讳廷宾,仕元为天临路医学教授,娶林氏。处士自少颖敏,有奇志,书过目辄不忘,受毛氏诗于进士王绍。值元季兵兴,从医学公避乱,往来弗及卒业。逮国朝平定天下,处士始复缉业,将筮仕以为亲荣,而医学公年老,不欲其离膝下,处士遂业医以为养,不复有仕进意,而学行益修。
>
> 时吉之遗老宿儒,若翰林修撰张弘毅,兵部郎官伯颜子中,刑部尚书吴山立,皆折辈行与之游。山立以诗名家,处士相与讲论,诗益工,尤长于五言,高古雅健,有汉魏之风,人因称为李五言云。处士事亲婉愉备至,甘腜涤瀡之奉,极力营致,虽艰窘之际,亲以忘忧。处弟妹恩谊尤笃,家无间言。其为医,务以利济为心,不求肥家,凡疾者,扣其治

---

① 陈才训,时世平.《剪灯余话》:薇垣高议——论李昌祺的庶吉士教育及其小说创作的风教意识[J].蒲松龄研究,2012(2):150-161.

② 乔光辉.大报恩寺与李昌祺的佛教情结及对《剪灯余话》的影响[J].东南文化,2005(3):48-53.

必往,不择贫富为趋舍。尤善治奇疾,众之所不疗者,处士辄能疗之。前东宫说书周仁远与处士家故连姻,其子遘疾危甚,延处士视之。比至,群医方集议不决,处士诊之曰:脉洪数而心懑,此内热也,当以凉剂解之,即愈。周氏馆宾黄玉润博洽知医,与处士谈,间因举宋中兴十将传中语以谕用药之方,处士为诵,全传不遗一言。又问数事,无不知者,玉润大骇,遂赞于仁远曰:李君非止善医,其学问亦不易及也。既而疾者愈,玉润为词赠之还,由是处士名益振。值岁疫,邑大姓刘氏阖门皆病,亲邻惧为所染,无敢视者,医亦不赴。处士闻之,恻然曰:为乡人者,患难相恤,固其义也,安可坐视其毙乎?遂具药饵,携一老仆往宿其家,蚤夜躬调治之。越数日,先愈其病甚者,复劝谕其亲邻,使相与扶持。月余而疾者尽起,处士乃归,乡邻之人莫不义之。处士为人宽厚简澹,喜愠不形,介不立异,和不诡随,故其所至,人咸敬慕。前后守令及当道者多欲荐之,辄恳辞以止。其学于诸子百家之言,靡不该览书札,得晋唐人风致,至于阴阳方技皆精其能,晚年益致力于性理之学,虽不授徒而乐为人讲说,郡邑后进之士皆尊事之。每乡饮必以首宾席,名卿大夫之游宦往来经其郡者,必造门访问焉。郡城之阴有洲,临水清旷,可钓游,去处士之居不半里,处士日夕杖策往游其间,吟弄风月,逍遥容与,意甚适也,因自号盘洲钓者。故翰林学士解公缙绅为文美之。初昌祺为礼部郎中,处士尝一至京视之,其还也,翰林诸公咸以诗赠行。及昌祺布政广西,往返皆便道过家,为处士上寿,乡人荣之。处士尝戒之曰:孔子居乡党恂恂如也,张湛下里门圣贤皆然,汝可法之,毋骄慢为吾之耻。又曰:当官操守必务终始,汝其慎之,苟违吾言,非吾子也。昌祺佩服惟谨,遂以清白显名,而人称处士善教其子焉。

处士生元丁亥四月十五日,卒永乐辛丑十一月二十九日,寿七十有五。比得疾,犹日起正衣冠坐阅书。亲宾问疾,从容谈笑如常,迨属纩无一言之乱。诸子请遗言,曰:吾愿汝等勉为善而已。且属敛以深衣幅巾。呜呼!处士可谓安于死生之际者矣。处士初娶彭氏,继刘氏,生子男四人,长即昌祺,次旭,次循,次芳;女四,皆适士族。孙男十，孙女七，曾孙男二。处士所著有《盘洲渔唱稿》若干卷，《永言集》若干卷，皆藏于家。其葬在庐陵何山之原。惟圣朝褒嘉臣，下恒推恩荣及其亲。以昌祺之贤，久居方岳，处士积善之报，将膺宠赠有日矣。揭德丽牲之石得，不尚有待乎？铭曰：

韪矣盘洲，士流之奇。有德有言，学充誉驰。曷不仕进，而隐于医。为子翼翼，为兄怡怡。家政允修，乡间所仪。恤难拯疾，聿推厥施。全活孔多，获报攸宜。笃生贤嗣，克显明时。方伯之贵，名宗有辉。紫诰颁恩，褒宠有期。呜乎处士，其存远而。廉贪敦薄，高风可师。何山之原，有冢巍巍。爰诏来裔，刻此铭诗①。

由杨荣所作的墓志铭知道李昌祺家世概况。李昌祺远祖为金陵人氏，宋室南渡时，时为尚书郎的昌祺远祖李义，带领家人迁至"江西之吉水，又数迁至今庐陵之螺冈"，遂世代定居下来。李昌祺高祖名李良，高叔祖名李华道，"皆贤，而隐于医"。祖父名廷宾，仕元为天临路医学教授。父亲李伯葵自幼聪颖过人，长而学习儒业，"受毛氏诗于进士王绍"。元末明初，伯葵随父避乱隐居不出，行医为业，"不复有仕进意"。

李昌祺长于医学世家，高祖以来家族皆以医为业，仅有祖父做过元医学教授，元末战乱亦避世归隐。其家族世代延续的是以医自处，不汲汲于功名的淡泊处世的家风。特别是父亲李伯葵晚年悠游于盘洲，"郡城之阴有洲，临水清旷，可钓游，去处士之居不半里，处士日夕杖策往游其间，吟弄风月，逍遥容与，意甚适也，因自号盘洲钓者。"淡泊处世的隐逸家风、父亲逍遥出尘的人格风范，都影响了李昌祺的处世态度。

二、李伯葵诗歌成就探微

李伯葵，讳揆，伯葵为其字。李伯葵著作，据陈谟《海桑集》卷五为伯葵诗集作序《〈永言〉序》可知，洪武年间已有诗集《永言》。后杨士奇应李昌祺之请为其父诗集作序《〈庐陵李伯葵先生诗集〉序》称："今其子河南左布政使昌祺，并

---

① 杨荣.文敏集(卷二十四)[M]//[清]永瑢,纪昀,等.文渊阁四库全书.上海:上海古籍出版社,1987:381-383.

元明戏曲小说研究

集中岁以后之诗将刻之,又属予序。"有《庐陵李伯葵先生诗集》,集中所收为伯葵中岁以后之诗。那么《永言》为其早期诗作,《庐陵李伯葵先生诗集》为其晚年诗作。清初黄虞稷《千顷堂书目》卷十八记有:"李揆《盘洲集》一卷。字伯葵,庐陵人,李昌祺父。工为诗,人称李五言。杨荣为作传。"清初只有《盘洲集》一卷。陈田《明诗纪事》也记载伯葵有《盘洲集》一卷,并录有伯葵诗两首。《盘洲集》与《永言》《庐陵李伯葵先生诗集》的关系尚未可知,但三种诗集都未流传下来。

昌祺父亲李伯葵交游甚广,常与同里之人相互切磋学诗,形成自己独特的诗风。据《故盘洲李处士墓志铭》:"吉水遗老宿儒,翰林修撰张弘毅、兵部郎官伯颜子中、刑部尚书吴山立,皆折辈行与伯葵同游。山立以诗名家,处士相与讲论,诗益工,尤长于五言,高古雅健,有汉魏之风,人因称为李五言云。"杨士奇《东里集续集》卷十四《〈庐陵李伯葵先生诗集〉序》记:

> 余童卯侍陈心吾先生入郡城,时郡中儒师耆老多在,日过从相乐。李伯葵先生年最少,诸老出,伯葵恒独留,每出所作诗介陈先生评。余时未有知也,而见陈先生爱玩称赏之不厌,伯葵出,余私请焉。陈先生曰:"众意凡陋,伯葵独志高古,众窘局蹐,伯葵独舒徐有余,且其进未可量也。"余心识之①。

杨士奇记述了少时所见李伯葵与吉水耆老交往学诗的情景。陈心吾即江西文人陈谟,为杨士奇外公。伯葵诗作独得到陈谟的赏识和高度评价,高古而舒徐有余。杨士奇评价伯葵诗:"于是得观其平生所赋,益多嗢乎金石之和也,玱乎佩玉之清也,恳乎兴寄之远也,浑乎古意之犹存也"②,简言之,伯葵诗风具有清亮古雅而有余韵的特征。陈谟评论伯葵《永言》诗集曰:

> 李伯葵氏,以其《永言》示余读之,往复数四,叹其志于古道甚笃。

---

① [明]杨士奇.东里集续集(卷十四)[M]//[清]永瑢,纪昀,等.文渊阁四库全书.上海:上海古籍出版社,1987:542.

② 同①

盖近古莫如《选》，次古莫如唐，后来者莫或尚之。伯葵学《选》优柔沉着，每有新意。至其曲折，态度情景俱会处，得于苏州为多。亦其资禀冲嗜好澹，翛翛然出尘，整整然束礼。故其吟咏情性，有之似之，甚不易得也。七言乐府，高古如《辽阳行》《白纻词》，《长门怨》次之。唐律圆美清炼，又次之。自他人不能兼者，伯葵悉兼之矣，尤为可尚。尝怪新学谈诗，类不满人意。尊《选》者，易唐李杜，以为剩出。右唐者，弱《选》，魏晋几成绝响，剽掠潜窃以为工。其为《选》也，固不难，点缀花草以为媚。其为唐也，亦安在？必若阮嗣宗、王仲宣所制，不犯十九首句字，而音节气韵酷似之，始可言选矣。必若李杜为律，为长句，天纵浑成，关涉浩瀚，始可名唐矣。斯乃白头书生，苦心莫能希万一也，乌得易而弱之。因书伯葵集，漫及此。呜呼！尚有如伯葵之兼，致其工者乎①？

陈谟认为伯葵的诗兼具魏晋诗之古雅，又有唐诗之冲淡浑成，古诗与近体诗皆工。概括起来：昌祺父亲李伯葵专意于作诗，擅长五言诗体，因之被称为"李五言"；其诗学魏晋六朝选体诗，兼具唐诗之精华，因此具有"高古"而"舒徐有余"的特征。陈田《明诗纪事》称从徐泰《明风雅》录诗二首，或可见出其诗风：

> 《拟顾彦先赠妇》：人生有离合，日月有弦晦。岂为百年间，如何长欢会？与子相遇来，私情托中馈。既感《阴雷》篇，复陈《鸡鸣》戒。倾耳聆德音，礼章素攸佩。于兹远行役，结缨奉王事。沈欢变忧戚，哀鬱伤五内。吴越既阻修，伊洛互萦带。漫漫云山侧，杳杳川梁外。缔纷凄以风，轩车展其盖。离思云滞淫，谁能不悲慨！于役有归期，芳年恐难待。
>
> 《代答》：唯茑与女萝，施于松柏枝。虽云异根植，性合终不移。讬身在君室，容德实我仪。琴瑟日在御，宴乐及良时。方兹驾言迈，遣车

① ［明］陈谟.海桑集（卷五）［M］//［清］永瑢，纪昀，等.文渊阁四库全书.上海：上海古籍出版社，1987：599-560.

— 90 —

载驱驰。岂无室家念,君命安可违。握手一长叹,泪尽情凄洒。起视明星烂,杳杳夜何其!绸缪结衷曲,岂复在斯须。风尘遍京洛,勿使素衣缁。委身殉国恩,功成复来归。妾守茕独志,愿保终惠期。莫以荣华晚,恩爱爱色衰。采葑及下体,式副君子诗①。

上首诗拟陆机《为颜彦先赠妇》诗而作,写远行在外丈夫的离愁和伤感。下首代闺中思妇赠答,对丈夫的理解支持,感叹年华老去。从艺术成就方面来看,两首诗皆为五言,仿汉魏古诗,古朴雅致,舒徐婉转,然余味不足,有失于浑成。

李伯葵博学多才,《墓志铭》称"其学于诸子百家之言,靡不该览书札,得晋唐人风致,至于阴阳方技皆精其能,晚年益致力于性理之学",为乡里后生所尊敬。且伯葵亦能画,杨士奇《东里集续集》卷六十《题李处士画》一首:"一去城中竟不归,闲依泉石谢尘羁。世人谁不知名姓,时有扣门来请医。"②其画作今不可见。

三、李昌祺生平考补

李昌祺,名祯,以字行,江西庐陵人;生于洪武九年(1376),卒于景泰三年(1452),官至布政使司左布政使,位列二品,"为人耿介廉洁,自始仕至归老,始终一致"③,清声雅望,为人所尊。存世作品有文言小说集《剪灯余话》《运甓漫稿》诗词集七卷以及散曲数首。《剪灯余话》在中国小说史上占有一席之地,其诗作被朱彝尊评为"务谢朝华、力启夕秀",在明代文学发展演进过程中亦有重要影响。乔光辉先生所著《李昌祺年谱》(下文简称《年谱》)一文④,对李昌祺生平行迹已作较为详尽的考述。此后,学界又有了一些新的研究成果。这些都加深了对于李昌祺的认识,对明初社会文化形态和文学演进的研究有所贡献。本文在此基础上,以明人文集及文史杂著为依据,重点对《年谱》中所论李昌祺庶

---

① 陈田.明诗纪事(卷三十)[M].上海:上海古籍出版社,1993:567-568.
② 杨士奇.东里集续集(卷六十题李处士画)//[清]永瑢,纪昀,等.文渊阁四库全书.上海:上海古籍出版社,1987:517.
③ [明]叶盛.水东日记[M].北京:中华书局,1980.
④ 乔光辉.李昌祺年谱[J].东南大学学报,2002(2):103-111.

吉士身份和其出任广西左布政使时间问题提出讨论,并对《年谱》做出一些史实的补充,以求对李昌祺及明初文学研究有所裨益。

(一)李昌祺生平考辨三题

1.关于李昌祺为翰林院庶吉士的身份问题

永乐二年(1404),李昌祺中进士,并于当年入选翰林院庶吉士。此见于多处记载,如张廷玉《明史》本传:"李昌祺,名祯,以字行,庐陵人。永乐二年进士。选庶吉士"。钱习礼《河南布政使司左布政使李公墓碑铭》:"太宗文皇帝入正大统,首下明诏,搜扬侧陋,思得天下材智之士,以共新治道,而尤向用儒术……公少负材器,志于用世,繇郡学生以明经取进士第,简入翰林为庶吉士。"①明朝选进士为庶吉士入翰林院,自此科始。"永乐二年,始定为翰林院庶吉士,选进士文学优等及善书者为之。"②

2.李昌祺并非"二十八宿"

永乐三年(1405)正月,成祖皇帝命解缙等选才思明敏进士二十八人,称"二十八宿"(实选二十九人),读书文渊阁③。《年谱》把李昌祺列为"二十八宿"之一,并称"二十八宿"的人名已不可考,不确。《明太宗实录》卷三十八:

> 永乐三年正月壬子。先是,上命翰林院学士兼右春坊大学士解缙等,于新进士中选质英敏者,俾就文渊阁进其学。至是缙等选修撰曾棨,编修周述、周孟简,庶吉士杨相、刘子钦、彭汝器、王英、王直、余鼎、张敞、王训、柴广敬、王道、熊直、陈敬宗、沈升、洪顺、章朴、余学夔、罗汝敬、卢翰、汤流、李时勉、段民、倪维哲、袁天禄、吾绅、杨勉二十八人

---

① [明]程敏政.明文衡[M]//[清]永瑢,纪昀,等.文渊阁四库全书.上海:上海古籍出版社,1987:612.

② [清]张廷玉.明史[M].北京:中华书局,1974:1788.

③ 张婷婷《明代庶吉士散馆授职考》:"永乐三年正月壬子,'明成祖命翰林院学士兼右春坊大学士解缙于新进士中选质英敏者,俾就文渊阁进其学。'庶吉士开始专于在翰林院进行学习。"《西南大学学报》,2014年第一期。黄卓越《明永乐至嘉靖初诗文观研究》:"专属翰林的庶吉士之选始于永乐二年,使一甲三人曾棨、周述、周孟简及庶吉士杨相等二十八人入文渊阁就学。"北京师范大学出版社2001年,第12页。按:此两处论断不确,永乐二年已选翰林院庶吉士;永乐三年所选"二十八宿",是再从庶吉士中选出,并于文渊阁读书。所选"二十八宿",是对此二十八人(实为二十九人)示以特别优待,寄予了皇帝和朝廷厚望。

入见。……时进士周忱自陈年少愿进学,上喜曰:"有志之士也。"命增忱为二十九人。①

这里记载清晰,其中并没有李昌祺。

明人子史杂著对于此次"二十八宿"之选津津乐道,记载甚多。黄佐《翰林记》卷四"文渊阁进学",廖道南《殿阁词林记》卷十"文渊",王世贞《弇山堂别集》卷八"一岁两考庶吉士",黄瑜《双槐岁抄》卷三"甲申科庶吉士",周应宾《旧京词林志》卷一,等等,都有对"二十八宿"的记载,人名及顺序或略有差异,但不出《明太宗实录》范围,且都没有李昌祺。《翰林记》卷四、《殿阁词林记》卷十还明确记述了李昌祺不与选的情况:

> 永乐三年正月壬子,先是太宗命学士兼右春坊大学士解缙等,新进士中,选材质美敏者,俾就文渊阁进学。……云盖是时,庶吉士隶本院者尚多,如孙子良、洽顺、李昌祺、萧省身、江铁、张宗琏、田忠等无虑数十人,皆不得与,其与者皆被选者也。②

> 永乐三年正月壬子,成祖命学士解缙等于新进士中,选其英俊者,俾就文渊阁进学……盖是时,庶吉士隶本院者尚多,如孙子良、涂顺、李昌祺、萧省身、江铁、张宗琏、田忠等无虑数十人,皆不得与选。③

由此可知,李昌祺并不在永乐三年(1405)正月的"二十八宿"庶吉士之选。对于永乐二年(1404)甲申科进士,据学者统计,当年共进行了四次翰林庶

————————

① [明]杨士奇.明太宗实录[M].台北:"台湾中央研究院"历史语言研究所校勘本,1962:642-643.

② [明]黄佐.翰林记[M]//[清]永瑢,纪昀,等.文渊阁四库全书.上海:上海古籍出版社,1987:890-891.

③ [明]廖道南.殿阁词林记[M]//[清]永瑢,纪昀,等.文渊阁四库全书.上海:上海古籍出版社,1987:277-278.

小说及其他篇

吉士馆选①。永乐三年的"二十八宿"之选,乃于四次馆选的庶吉士中又进行的优选。成祖皇帝对"二十八宿"寄予了极大的期望,亲自勉励他们读书治学,以备国家朝廷之用。《明太宗实录》卷三十八:

> 　　上谕勉之曰:"人须立志,志立则功就,天下古今之人,未有无志而能建功成事者。汝等简拔于千百人中为进士,又简拔于进士中至此,固皆今之英俊,然当立心远大,不可安于小成,为学必造道德之微,必具体用之全,为文必并驱班、马、韩、欧之间,如此立心,日进不已,未有不成者。古人文学之至,岂皆天成,亦积功所致也,汝等勉之。朕不任尔以事,文渊阁古今载籍所萃,尔各食其禄,日就阁中恣尔玩索,务实得之已,庶国家将来皆得尔用,不可自怠,以孤朕期待之意。"②

《翰林记》《殿阁词林记》对此所记与实录略同。太宗皇帝时去文渊阁与庶吉士讲论诗文,评论高下,以示激劝。《翰林记》卷十六"车驾幸馆阁":

> 　　太宗皇帝初定内难,四方之事方殷,内阁七人者旦夕承顾问,受旨退治职务,且兼稽古纂述,殆不虚寸晷。上时步至阁中,亲阅其劳,且视其所治,无弗称旨者乃喜,必有厚赉。或时至阁阅诸学士暨庶吉士应制诗文,诘问评论以为乐。③

翰林庶吉士和"二十八宿"学习的地点不同。太宗皇帝特命所选"二十八宿",读书翰林院之文渊阁,而翰林院庶吉士正常的教学活动在翰林院之东阁。

---

① 据王尊旺《明代庶吉士考论》统计,永乐二年共进行了4次庶吉士馆选,所选人数为111人。《史学月刊》,2006年第8期。但郭培贵《明代科举史事编年考证》统计永乐二年甲申科馆选庶吉士,至少有123人;在4次见于记载的考选之外,还进行过考选。北京:科学出版社,2008:23。

② [明]杨士奇.明太宗实录[M].台北:"台湾中央研究院"历史语言研究所校勘本,1962:643.

③ [明]黄佐.翰林记[M]//[清]永瑢,纪昀,等.文渊阁四库全书本:上海:上海古籍出版社,1987:1029.

张廷玉《词林典故》卷三《职掌》"明学士掌教习庶吉士"记之甚详：

> 凡庶吉士，以学士二员教习……至正统戊辰乃为定制。先是，庶
> 吉士俱于东阁进学，至是令于本院外公署教习①。

杨士奇所作《送李昌明诗序》中有："今年先生之子昌祺举进士，为庶吉士，进学文渊阁。"②《送李昌祺》诗云："盛年读书擢科第，共睹词华艳云绮。翰林高步逐英贤，东阁潜心效文史。"③序文与诗所记李昌祺读书进学地点有出入。此序文作于永乐二年（1404），昌祺中进士后弟昌明来探望，还没有太宗皇帝命选"二十八宿"进学文渊阁之说，故此处文渊阁当泛指翰林院。因为永乐初，文渊阁官员兼掌翰林院事。《明史·职官二》："其年（永乐元年）九月，特简讲、读、编、检等官参预机务，简用无定员，谓之内阁。然解缙、胡广等既直文渊阁，犹相继署院事。"（张廷玉，1974）参预机务内阁大臣的办事地点在文渊阁，而且兼掌翰林院事务，以文渊阁代指翰林院，只是不严谨的习惯说法。而到了永乐三年（1405）特选二十八人（实为二十九人）入文渊阁读书，此时的"二十八宿"身份已不同于一般的翰林院庶吉士，更有着朝廷重用、国家倚重的荣誉意义。

3. 李昌祺何时、如何入选翰林院庶吉士

永乐二年（1404），庶吉士四次馆选，分别为三月己酉，选杨相等 61 人，"俾内府读书习字"；不久又"特命户部办事进士杨勉为本院庶吉士俾同习字"；四月甲申，以进士沈升、孙子良、李昌祺等 20 人，"俱为本院庶吉士，内府修书"；五月

① ［清］张廷玉.词林典故［M］∥［清］永瑢，纪昀，等.文渊阁四库全书.上海：上海古籍出版社，1987：476.

② ［明］杨士奇.东里集［M］∥［清］永瑢，纪昀，等.文渊阁四库全书本.上海：上海古籍出版社，1987：450.

③ ［明］杨士奇.东里集［M］∥［清］永瑢，纪昀，等.文渊阁四库全书本.上海：上海古籍出版社，1987：443.

辛丑朔,改诸司办事能书进士曾慎等 29 人,"俱于内府修书"。四次所选共为 111 人①。

永乐二年(1404)四月甲申,即四月十三日,李昌祺被选为庶吉士,于"内府修书",可见李昌祺入翰林院一个重要的职责就是修书。时正值《永乐大典》初次修纂,李昌祺是否参与了这次大典的修纂,没明确记载。确切的是,在永乐二年(1404)十一月重修时,李昌祺为这部大书的编纂,付出了不少心血。钱习礼《河南布政使司左布政使李公墓碑铭》:"会修《永乐大典》,礼部奉诏选中外文学之士以备纂修,公在选中。例凡经传子史下及稗官小说悉在收录。与同事者僻书疑事,有所未通,质之于公,多以实归,推其该博。精力倍人,辰入酉出,编摩不少懈,退复以其余力发为诗文,应人之所求者,皆典赡,非苟作,隐然声闻馆阁。间书进,被宴赉,擢为礼部主客司郎中。"永乐五年(1407),《永乐大典》编纂完成,李昌祺的翰林庶吉士生涯结束,被授职礼部主客司郎中。在三年庶吉士期间,李昌祺亦读书翰林院东阁,"东阁潜心效文史",修习文史。

综上,在永乐二年(1404)三月甲申科中,李昌祺中进士;四月被选为庶吉士,入翰林院进学、修书,曾参与修撰《永乐大典》,学识为人信服,但并未入永乐三年(1405)正月壬子的"二十八宿"之选。后在仁宗监国时期,李昌祺的才识得到认可,得以举荐为一方要员;仁宗即位后,再次受到称誉并重用,"言于朝曰:'此佳士,良不易得。'在列竦听,退而相与嘉叹不已",即日被授予左布政使,旬宣河南。

(二)关于李昌祺出任广西左布政使的时间问题

李昌祺出任广西左布政使的时间,《年谱》述为永乐十五年(1417),且无材料证实。事实上,李昌祺出任广西左布政使,是在永乐十六年(1418)。

《明太宗实录》卷一百九十九"永乐十六年四月":

---

① [明]周应宾《旧京词林志》对此 4 次的庶吉士馆选记载甚详,只是不具具体日期。《四库全书存目丛书》本,第 376 页。清人谈迁《枣林杂俎》圣集"庶吉士四选",注明承《旧京词林志》而来,内容相同,只有个别名字转抄时有误;补充标明了三次馆选的确切时间,分别为:三月己酉(三月杨勉单独馆选庶吉士时间不详),四月甲申,五月辛丑。《续修四库全书》本,第 809 页。谈迁《国榷》以"三月己酉"的庶吉士馆选记为"三月丁未"。上海古籍出版社,2008:637.但《明太祖实录》《明史》《枣林杂俎》皆为"三月己酉",今从《实录》和《明史》。

丁未，礼部郎中李昌祺为广西左布政使。

俞汝楫编《礼部志稿》卷四十一"国初礼部郎中"条：

> 李昌祺，江西庐陵人。永乐甲申进士，十六年仕主客司郎中，升广
> 西左布政使。①

据此可知，永乐十六年（1418）四月，李昌祺由礼部郎中擢为广西左布政使。
从李昌祺本人诗作亦可考知这次就任时间。永乐十六年（1418）二月，李昌
祺还在礼部郎中任上。《二月二十六日钦颁天花祥云瑞光图至自北京，并秦中
所献玄兔，余忝署礼部事，陪百官致辞称贺，退而有作》：

> 柳暗花明禁御春，宝图颁瑞示廷臣。云霞烨煜天光近，河汉昭回
> 御墨新。秦旬已看来异兔，周郊又见出祥麟。太平嘉应多如雨，献颂
> 何人笔有神②。

此诗为朝中所献玄兔瑞应而写。考察《明太宗实录》永乐十五年十一月，
"戊寅，陕西进玄兔。"③《陕西通志》卷四十七"祥异二"：

> 十六年正月丙寅，以玄兔图并群臣所上表及诗文赐皇太子，且赐
> 书谕曰："比陕西耀州民献玄兔，群臣以为瑞，且谓朕德所致，上表称
> 贺，又有献诗颂美者，朕心惕然愧之。夫贤君能敬天恤民，致勤于理，
> 则有以感召，和气屡致丰年，海宇清明，生民乐业，此国家之瑞也。彼
> 一物之异，常理有之，且吾岂不自知？今虽边鄙无事，而郡县水旱往往

---

① ［明］俞汝楫.礼部志稿［M］∥［清］永瑢，纪昀等.文渊阁四库全书.上海：上海古籍
出版社，1987：749.

② ［明］李昌祺.运覧漫稿［M］∥［清］永瑢，纪昀，等.文渊阁四库全书.上海：上海古籍
出版社，1987：493.

③ ［明］杨士奇等.明太宗实录［M］.台北："台湾中央研究院"历史语言研究所校勘
本，1962：2045.

有之,流徙之民,亦未尝无,岂至理之时哉?而一兔之异,喋喋为谀,夫好直言则德日广,好谀言则过日增,朕夙夜拳拳,仰惟皇考创业艰难,惧弗克负荷,不敢怠宁,终不为彼所惑尔。将来有宗社生民之寄,群下有言,不可不审之于理,但观此表及诗,即俱了然而情不能遁矣。"①

余继登《典故纪闻》卷七所记,可为补充:

> 永乐间,陕西耀州民献玄兔。成祖以其图并群臣所上表及诗文赐皇太子,谕之曰:"贤君能敬天恤民,致勤于理,则有以感召和气,履致丰年,海宇清明,生民乐业,此国中之瑞也。彼一物之异,常理有之,且吾岂不自知?"②

永乐十五年(1417)十一月,陕西耀州民献玄兔。十六年(1418)正月丙寅,太宗皇帝以玄兔图及诗文赐皇太子。二月,李昌祺作为礼部主客司郎中,祥异之事应是职责范围,陪百官参与称贺,退朝后作此诗。四月二十七日,"行在吏部奏藩宪员缺,太宗命简两京朝臣有材望者补之。仁宗举公等若干人应诏,宴于礼部,予道里费,至即升广西左布政使,朝野荣之。"③李昌祺满怀喜悦地写下了《四月二十七日拜广西之除赋此志喜》一诗:

> 紫殿沉沉禁漏稀,金铺齐启掖垣扉。已知侧席求贤俊,讵料抡才到贱微。选榜乍题香墨湿,朝官初退软尘飞。南藩此去中州远,敢惮驱驰骊牡骓④。

此外,《年谱》中关于朔日问题也存在两个问题:一是把应为初一的朔日,一

---

① [清]雍正.陕西通志[M]//[清]永瑢,纪昀等.文渊阁四库全书.上海:上海古籍出版社,1987:679.

② [明]余继登.典故纪闻[M].北京:中华书局,1981:134.

③ [清]永瑢等.四库全书总目[M].北京:中华书局,1965:612.

④ [明]李昌祺.运甓漫稿[M]//[清]永瑢,纪昀等.文渊阁四库全书.上海:上海古籍出版社,1987:494.

些地方误标为三十日了。如：

> 明成祖永乐十八年庚子 1420 四十五岁
>
> 正月三十，工部右侍郎罗汝敬作《剪灯余话序》。
>
> "永乐十八年正月朔吉，翰林修撰行在工部右侍郎同年友罗汝敬书。"
>
> 正月三十，作《至正妓人行》长诗。
>
> 《至正妓人行》长诗跋："永乐庚子闰正月朔日，庐陵李祯识。"
>
> 明宣宗宣德八年癸丑 1433 五十八岁。
>
> 七月三十日，刘子钦作《剪灯余话序》。
>
> "宣德癸丑夏……是岁七月朔旦也。"

二是据朔日推算也有一些失误。如：

> 明成祖永乐二年甲申 1402 二十九岁
>
> 三月初一，参加廷试。
>
> 《明史·选举志》："廷试，以三月朔。"
>
> 三月六日，赐进士出身。
>
> 三月十日，选翰林院庶吉士。
>
> 《明史》卷六《成祖本纪》："二年……三月乙巳，赐曾棨等进士及第，出身有差。己酉，始选进士为翰林院庶吉士。"乙卯、乙巳、己酉均为干支纪日之法，因后有"夏四月辛未朔，置东宫官署"，四月初一为辛未，故上推三月乙巳为三月六日，己酉为三月十日。

按永乐二年甲申三月为三十天，由四月初一日的干支，上推"三月乙巳"为三月四日，"己酉"为三月八日。由《明太宗实录》"永乐二年三月壬寅朔"，下推三月乙巳、己酉，亦为四日、八日。则李昌祺永乐二年（1404）中进士第，于三月初一参加廷试，三月初四赐进士出身。三月八日，朝廷选翰林院庶吉士。

这些均属偶误，仔细一点即可避免。

(三)李昌祺生平年谱考补

关于李昌祺的生平,可根据一些材料,对乔光辉先生《年谱》进行补充。行文仍依《年谱》形式,以便对读。

明太祖洪武二十九年丙子 1396 二十一岁

为文老成,才识显露,父老交誉。作《耕读轩》(《运甓漫稿》卷二),有老成文风。

男儿志气固巨量,耻学术艺羞为商。屈指只今逾二十,广额秀眉瞳子光。生来本是爱闲者,乍可骑牛懒骑马。数亩腴田手自锄,几联佳句人争写。庸流岂能知丈夫,笑尔把末仍读书。古之豪杰宁苟出,富贵纵得徒区区。且适林泉隐居乐,汉史何劳将挂角。远垄秋风稻穗齐,短檠夜雨灯花落。不见南阳诸葛公,油然高卧草庐中。殷勤不有三番顾,磊落应无千载功。

钱习礼《河南布政使司左布政使李公墓碑铭》:

弱冠为文,藻思溢出,蔚有老气,不惟一时材俊,若礼部侍郎曾公子棨辈,相与颉颃,名声不相上下,乡之老成人亦皆骇其文识,谓必显于时。

明成祖永乐二年甲申 1402 二十九岁

参加京城会试,成贡士。三月初一日参加廷试,三月四日,赐进士出身。四月十三日,入选翰林院庶吉士。

《明史》卷六《成祖本纪》:"三月乙巳,赐曾棨等进士及第,出身有差。"

按:据《皇明贡举考》,李昌祺榜列二甲,赐进士出身。

李昌祺中进士,其弟昌明来京师探望。

杨士奇《东里集续集》卷七《送李昌明诗序》："吾家去郡城不百里，闻李伯葵先生兄弟久矣，而未识也……今年先生之子昌祺举进士……居数月，先生中子昌明，道二千里来省其兄。"

明成祖永乐八年庚寅 1410 三十五岁

李昌祺归家省亲，正月动身，二月初旬到家，可谓衣锦还乡。

　　梁潜《泊庵集》卷六《送李昌祺还乡序》："翰林庶吉士庐陵李君昌祺以省亲得告还家，其同年交游之士各赋诗饯之，属予序其首。予与昌祺同在禁林者六年矣，见昌祺持己接人之密，未尝一日有异也，盖昌祺年方壮，负气而抱材，学足以达其志，行足以扬其学。"

按：李昌祺永乐二年（1404）中进士，选为翰林院庶吉士，梁潜为翰林院修撰。梁潜与李昌祺同在翰林院六年，那么也就是在永乐八年（1410）时，梁潜写下了送别李昌祺归乡省亲的这首诗。

《明太宗实录》卷三十六记载其时梁潜任翰林修撰一事：

　　既而上览所进书向多未备，遂命重修……翰林院侍讲邹缉，修撰王褒、梁潜、吴溥、李贯、杨睹、曹荥，编修朱纮；检讨王洪、蒋骥、潘畿、王偁、苏伯厚、张伯颖；典籍梁用行，庶吉士杨相，左春坊左中允尹昌隆；宗人府经历高得阳；吏部郎中叶砥；山东按察司佥事晏壁为副总裁。

《明史·邹缉传》附《梁潜传》：

　　梁潜，字用之，泰和人。洪武末举乡试，授四川苍溪训导，以荐除知四会县，改阳江、阳春，皆以廉平称。永乐元年召修《太祖实录》，书成，擢修撰，寻兼右春坊右赞善，代郑赐总裁《永乐大典》。

据此可知，永乐二年（1404），梁潜为翰林院修撰，李昌祺入选翰林院庶吉士，二人同在翰林院为官。

杨士奇《东里集续集》卷五十七《送李昌祺》：

> 翰林高步逐英贤，东阁潜心效文史。身违定省五六年，梦绕庭闱二千里。昨夜摅情达丹宸，特许归宁承玉旨。谢恩初辞凤阙前，买船遽向龙江涘。江天未明早潮上，况复连朝北风驶。二月初旬应到家，冠带升堂亲为喜。囊中尽倒官俸钱，郡市西头致滫瀡。叙言契阔洽朋知，趋走牵携欢稚子。爱亲敬君事所重，况乃皇恩厚无比。还应回首顾王程，螺渚行舻须早理。

按：此诗所记李昌祺回乡省亲时间在离乡五六年后，所谓"身违定省五六年"，也就是在永乐八年（1410）。具体动身时间在何时？据《东里集续集》卷五十《南归纪行录上》，杨士奇自记正统四年归家省墓，从二月十八日出发，三月二十九日到家，路途历时四十来天。江西泰和本属庐陵郡，路途远近相似，但杨士奇位列三公，年近耄耋，一路随从人员众多，所记述各地官员亲故拜迎之事甚多，路途化费时间自然比李昌祺要长。那么李昌祺路途耗时为杨士奇一半，二十来天较为合适，可推知动身回乡时间应为永乐八年（1410）正月中旬，"二月初旬应到家"。

明成祖永乐九年辛卯 1411 三十六岁
作《喜钱进士习礼除翰林检讨赋此寄之》（《运甓漫稿》卷五）。

> 清才玉署正相宜，锦字华缄慰所思。霄汉几回劳梦想，酒杯何许共襟期。小窗残烛怀人夜，斜月疏钟听漏时。知在词垣吟更好，便鸿莫遣寄来迟。

《明史》卷一百五十二《钱习礼传》："钱习礼名干，以字行，吉水人。永乐九年进士，选庶吉士，寻授检讨。"

明成祖永乐十二年甲午 1414 三十九岁

九月九日,作《甲午九日病中作》(《运甓漫稿》卷一),时谪役长干寺,怀念父母亲人。

> 谪官久于役,俯仰成陆沈,岂顾岁时迈,但忧才弗任。如何孱弱质,兹复病见寻。萧条卧空宇,四壁但蛩吟。山妻忽相谓,重九今旦临。欲沽东邻酒,垂囊久无金。而我听此语,浪然泪沾襟。妇云奚所为,感慨亦何深。拭泪向妇道,尔岂知余忧。老亲隔千里,两鬓吴霜侵。十年违菽水,惭彼返哺禽。纵匪在忧患,有酒宁独斟。妻亦重洒泣,悲感不自禁。妇人亦人子,岂独丈夫心。

按:从永乐二年(1404)中进士为官,至永乐十二年(1414),不能为父母尽孝已十年,心怀愧疚,"十年违菽水,惭彼返哺禽"。

明成祖永乐十六年戊戌 1418 四十三岁

二月二十六日,作《二月二十六日钦颁天花祥云瑞光图至自北京,并秦中所献玄兔,余忝署礼部事,陪百官致辞称贺退而有作》(《运甓漫稿》卷五)。

四月二十七日,受命任广西左布政使,作《四月二十七日拜广西至除赋此志喜》(《运甓漫稿》卷五)。

明成祖永乐十七年己亥 1419 四十四岁

暮春,时为广西左布政使任内,作《紫薇堂独坐二首》(《运甓漫稿》卷六)。

> 游丝落絮坠空阶,黄鸟交交在绿槐。独对薇花清坐久,衙前初换午时牌。
>
> 两行官树昼阴浓,吏散长廊退食钟。忽见飞来杨柳絮,始知春色八分空。

按:据《运甓漫稿》卷五《送人之广西》:"雕甍画省昼沉沉,我昔旬宣此暂临。五岭地连诸郡远,两江路入百蛮深。薇花旧种应争秀,棠树新栽未布阴。父老不嫌无惠爱,逢人犹寄别来音。"又《运甓漫稿》卷六《题竹》:"两竿萧洒墨淋漓,师法东淮顾定之。却忆紫薇堂后坐,翠阴摇曳午晴时。"可知,李昌祺在广西布政使官舍内,曾亲手种下了紫薇树。

明成祖永乐十八年庚子 1420 四十五岁

正月十五日,作《庚子元日》(《运甓漫稿》卷五)。

> 旭日熹微散曙光,忽逢元日倍沾裳。久随尘土房山卒,曾厕烟霄粉署郎。蒲柳岂知浑易老,屠苏犹忆最先尝。惟余一寸丹心在,绝似葵花只向阳。

明宣宗宣德六年辛亥 1431 五十六岁

时在河南左布政使任内。河南府知府李骥主持重刻了元代名宦张养浩的《三事忠告》,并改名为《三事忠告考》。李昌祺对此事应是知道并支持的,也可见这一时期张养浩为政之风,是深入人心的。《三事忠告提要》:

> 养浩为县令时,著《牧民忠告》二卷……为御史时,著《风宪忠告》一卷,凡十篇。入中书时,著《庙堂忠告》一卷,亦十篇。其言皆切实近理,而不涉于迂阔,盖养浩留心实政,举所阅历者着之,非讲学家务为高论,可坐言而不可起行者也。宣德六年,河南府知府李骥重刻,改名《三事忠告考》①。

明宣宗宣德七年壬子 1432 五十七岁

秋,时为河南左布政使,李贤举河南乡试第一,受到李昌祺称誉。

> 程敏政《篁墩文集》卷四十《光禄大夫柱国少保吏部尚书兼华盖殿大学士赠特进光禄大夫左柱国太师谥文达李公行状》:"七岁知向学,稍长入为州学生,学业腾进一时,师友皆莫敢与齿,举宣德壬子河南乡试第一。方宴鹿鸣,有鹤数十,旋绕厅上,布政使李昌祺举酒酹曰:'将

---

① [清]永瑢等.四库全书总目[M].北京:中华书局,1965:687.

必有名世之才乎?'"

九月,因河南大旱,上疏奏停征秋粮马草。

　　杨士奇等《明宣宗实录》卷九十五:"乙丑,河南布政使李昌祺奏开封等府,郑州中牟等州县四十四处,今年四月至七月亢旱不雨,谷麦无收,人民艰食,其岁纳秋粮马草乞皆停征。从之。"

明宣宗宣德九年甲寅 1434 五十九岁
秋九月八日,前因支付河南卫军官俸钞不躬核实一事获罪,至是被宥。

　　杨士奇等《明宣宗实录》卷一百一十二:"九月壬午,宥河南左布政使李昌祺罪。初河南卫移文布政司,支军官折俸钞,昌祺不躬核实,致有侵欺者,法司治其罪。上命昌祺具实以闻,至是,昌祺自陈疏慢有罪,特命宥之。"

年底,温县学教谕杨士奇族孙杨继卒,年方二十有九,布政使李昌祺闻讯,嗟叹惜之,遣人致祭。

　　杨士奇《东里集续集》卷四十一《族孙温县学教谕克述墓碣铭》:"八年会试中副榜,得河南温县学教谕……得疾数日卒。九年十二月二十九也,年廿有九……于时巡抚河南侍郎于公谦、布政使李公昌祺、按察使包公德怀,闻继死,皆嗟叹惜之,遣人致奠赙。继字克述,吾族兄从晋先生之孙。"

明英宗正统元年丙辰 1436 六十一岁
《年谱》引杨荣《故盘州李处士墓志铭》:"正统元年秋,河南布政使李祯昌祺述职来京师,造余以其先考故盘州处士墓志铭为嘱。"除此可再补充两事。
其一:七月,怀庆知府李湘就任,李昌祺了解怀庆民情,谆谆以告。

《明英宗实录》卷二十:"七月己亥,陕西等处缺知府八员,以员外郎吴崖、翟溥福,监察御史李辂,评事钱敏,府同知郭晟,知州李湘,知县邹良、方佐八人俱为知府,以补其缺。"

王直《抑庵文集后集》卷三十一《知府李君墓志铭》:"君李氏,讳湘,字允淮,泰和文溪里人……(为东平知州)满九年,上其状,会朝廷择郡守,礼部尚书胡公,亟荐君授怀庆知府,东平之民数百伏阙,借留不能得,皆怏怏而去,君既受命,河南方伯李公昌祺适在京师,谓予曰:'怀庆卫卒最喜生事扰府县,又尝有恶妇人与其子婿,皆工为诬词,以构害善良,故有'一虎三彪母大虫'之谚,今其风犹在,李知府能慑服其心,斯可矣。君闻之曰:'吾知其卫卒多扬州人,向之薛守以乡郡之故,与之狎,是以败。今吾以正道驭之,彼当自戢,不然吾知有法而已,吾何惮。'"

按:正统元年(1436)七月,李湘由东平知州擢任怀庆知府。怀庆府明时属河南布政使司所辖,李昌祺从洪熙元年(1425)就任河南左布政使,已在任十一年,对此地民风甚为熟知。

其二:秋七月,李昌祺入京考绩,曾以足疾求归,吏部不许,皇帝挽留。

王直《抑庵文集后集》卷十一《赠布政使李公复任诗序》:"李公字昌祺,庐陵人,始受知于太宗皇帝,自礼部郎中超拜广西布政使,以忧去。服阕来朝,仁宗皇帝知其贤,深加褒赏,即命之河南……今年考绩来北京,以足疾求归,吏部惜不许,言于上,俾复任。"

按:据王直《知府李君墓志铭》,李湘于正统元年(1436)七月就任怀庆知府时,李昌祺在京师;由《故盘州李处士墓志铭》可知,是年秋,李昌祺入京述职,正在秋七月。

明英宗正统九年甲子 1444 六十九岁

杨士奇寄书求李昌祺为其文集作序,今未见其序。

杨士奇《东里集续集》卷四十七《与李昌祺书》："兼有琐渎儿曹，近日收集鄙文数篇，区区妄意欲干阁下一序，冠于卷首，以示后之子孙，计四十年斯文交契之深，必所不靳，诚得数语，增重于端，尤深感厚。胥晤未期，千万若时加爱，不具。"

　　按：永乐二年（1404），李昌祺中进士入翰林院读书，始两人结识。据杨士奇《东里集续集》卷四十《〈庐陵李伯葵先生诗集〉序》所记与李昌祺父亲李伯葵的交往，"余童卯侍陈心吾先生入郡城时……余益壮而不至郡城者二十年，独时时闻往来传诵伯葵之诗，心益慕之。又二十年再见于南京，相握手月余"，杨士奇为"童卯"时，见过李伯葵，再见面就是四十年后，李伯葵入京探望时任礼部郎中的儿子李昌祺，"初，昌祺为礼部郎中，处士尝一至京视之。"（杨荣《故盘洲李处士墓志铭》《文敏集》卷二十四）李昌祺与杨士奇虽同为庐陵郡，但在李昌祺中进士前两人并无结识的可能。正统九年（1444）已在四十年后，李昌祺已致仕归家，杨士奇在当年即去世。或因杨氏去世未写序，亦未可知。

明英宗正统十四年己巳 1449 七十四岁
　　作七言律诗《送王处士益安之京》。

　　《运甓漫稿》卷五载："多病子牟心独苦，遥瞻魏阙五云端""南北两京饶故旧，相过慰藉少淹留""自笑龙钟雪鬓髦，十年因病解朝衫。清时引退怜身老，白日冲升愧骨凡。"

　　按：此诗写于告病归家之十年，追怀往日，故有"遥瞻魏阙五云端"之感。
　　李昌祺一生"书生曾做，京官曾做，方面也曾亲做"[①]，并两次贬谪、一次获罪，终于在晚年早早辞官归田。从其思想来看，儒家观念是其一生主导思想，主要致力于一方治理。永乐时期，任广西左布政使期间就有能声；洪熙元年（1425）至正统四年（1439），就任河南左布政使，先后长达十五年，在河南任内，政绩卓著。《明史》本传："洪熙元年起故官河南，与右布政使萧省身，绳豪猾，去

───────────────

　　① ［清］雍正.陕西通志［M］//［清］永瑢,纪昀等.文渊阁四库全书.上海：上海古籍出版社,1987：515.

贪残,疏滞举废,救灾恤贫,数月,政化大行。忧归,宣宗已命侍郎魏源代,而是时河南大旱,廷臣以昌祺廉洁宽厚,河南民怀之,请起昌祺。命夺丧赴官,抚恤甚至"①。单从李昌祺留下的诗作来看,在河南左布政使任内,其足迹遍及河南各地,如开封、嵩县、郏县、叶县、内乡县、唐县、新安、西平、汝南、南阳、舞阳、邓州、新野、信阳、光山等,巡查地方民情,关怀民瘼;因此"河南民怀之",铸就了一方清平之治。明朝永乐、宣德至正统前期是政治较为清明、经济发展迅速的时期,李昌祺与永乐、宣德及"三杨"诸辅臣共同助成了这一时期的国家强盛。与此相应,文坛上流行颂圣鸣盛的"台阁体"文风,受时代文风影响,李昌祺《运甓漫稿》中也有不少台阁之作,如《驸虞歌命补作》《题白海青图》《左掖闻莺次前人韵》等。但不同的是,李昌祺长期出任地方官员,熟悉地方民情、目睹民间疾苦、人生体验丰富,因此他的诗作内容丰富多样,这是不同于台阁文人和台阁文风的。所作《剪灯余话》是明代较早的一部文言小说,对后世文学颇有影响,特别是对扭转明初通俗文学的凋敝局面具有积极意义。

————————
① [清]张廷玉.明史[M].北京:中华书局,1974:4375.

元明戏曲小说研究

李昌祺诗词集《运甓漫稿》研究

一、概述

李昌祺《运甓漫稿》共七卷,前六卷为诗,末一卷为诗余的词。对李昌祺诗词集《运甓漫稿》的研究,学术界大多从诗词集《运甓漫稿》出发,结合李昌祺的人生轨迹,来谈其人思想特征与其诗歌特征。代表性研究成果较早有乔光辉《徘徊在"台阁"与"山林"之间的孤独者——〈运甓漫稿〉的文化心理释读》①,后有陈文新,李华《从首届翰林院庶吉士到河南左布政使——〈运甓漫稿〉所见李昌祺的人生轨迹与诗风变迁》②。早年选授庶吉士、升任礼部主客司郎中,激起李昌祺强烈的功业之心与忠君之意,其诗烙有浓重的"台阁体"印记。中年两遭贬抑、两度外任,饱经忧患,对社会苦难的关注和对个体苦难的咀嚼,使其转而践履儒家的仁爱之道,思考功名的价值意义,并向佛教寻求心灵慰藉,其诗风也逐渐转向杜甫、白居易一路。这些转变都在其诗词集《运甓漫稿》中有鲜明体现。因此,以《运甓漫稿》为素材,有助于更为深入地考察李昌祺其人其诗的变迁。硕士论文《李昌祺及其诗集〈运甓漫稿〉研究》③也从李昌祺的诗词研究了他作为普通文人、父兄等表现出的丰富的情感世界。李华《从〈运甓漫稿〉探寻李昌祺晚年思想与诗风的转变》④认为:由于李昌祺晚年思想的转变使得他向陶

---

① 乔光辉.徘徊在"台阁"与"山林"之间的孤独者——《运甓漫稿》的文化心理释读[J].中国韵文学刊,2004(3):48-83.

② 陈文新,李华.从首届翰林院庶吉士到河南左布政使——《运甓漫稿》所见李昌祺的人生轨迹与诗风变迁[J].哈尔滨工业大学学报(社会科学版),2012(1):87-91.

③ 李荣荣.李昌祺及其诗集《运甓漫稿》研究[D].西北大学,2015.

④ 李华.从《运甓漫稿》探寻李昌祺晚年思想与诗风的转变[J].中国文学研究,2015(1):57-61.

渊明和民间文学取法,他的诗歌也得以突破台阁体的窠臼,继而形成了情感真挚深沉、语言明快质朴、用韵随意自由的独特风格。这使得李昌祺完成了从遵循主流到背离主流的蜕变,成为当时文坛的另类。关于李昌祺《运甓漫稿》中词作的研究,李华《论李昌祺的词》①对李昌祺早年庶吉士阶段的词作与晚年乡居时期的词作内容进行了分析,并对其词作艺术成就进行了概括。上述对李昌祺《运甓漫稿》的研究多遵循从作品到人,两者混杂的角度进行研究,对作品本体的研究及作品所依据的时代背景的影响、对比研究较为欠缺。

如果把李昌祺《运甓漫稿》成书放在当时的文学环境中研究,不失为一个较好的角度。放在台阁文学繁荣的背景下来看《运甓漫稿》的创作,可以发现其独特的文学价值所在。李昌祺《运甓漫稿》结集成书在正统元年(1436),陈循有序:

> 明正统年间刻本《〈运甓漫稿〉序》:河南左布政使庐陵李公昌祺,录其平生之诗凡数百首,而自题曰《运甓漫稿》,间在京师出以示余,谓宜评以一言……其本之以礼,充之以气,故雅淡清丽,宏伟新奇,无不该备,不必远较于古,就今而论,千百之中不过数辈……正统元年九月甲寅翰林侍读学士奉直大夫兼修国史兼经筵官西昌陈循序。

现今所存四库本《运甓漫稿》,乃"天顺三年吉安教授郑纲所编",从陈循序中可知,正统元年(1436)本只有诗,天顺三年本,加入了李昌祺晚年诗作及词,为现在所看到的七卷本,但正统元年本应为现今七卷本的主体无疑。如果把李昌祺的诗词创作放在当时整个文学环境来看,可以知道《运甓漫稿》的成书时间正是文坛上台阁体盛行的时期。可以把《运甓漫稿》与当时的台阁体文学进行比较,方便对其进行定位。

一是,从文体上来看,同时期的台阁体作家文集以文为主,诗歌比重较少,词作更加少见。从现存四库本杨士奇《东里集》来看,提要称杨士奇生前自选择编为《东里集》,现存《东里集续集》为杨士奇子孙编辑整理。《东里集》包括文

---

① 李华,陈文新.论李昌祺的词[J].中国文学研究,2010(4):29–32.

集二十五卷,诗集三卷。《东里集续集》包括文五十三卷,诗九卷。四库本杨荣《文敏集》包括散文十八卷,诗歌七卷。王直《抑庵文集》前集十三卷,只有卷九收录了少量韵文(赋、颂、哀辞)和诗歌,其余均是记、序、碑、墓志之类的散文(其中夹有少量铭文,为韵语);后集三十七卷,只有卷三十五收录了一些赋、颂、诗歌。王英《王文安公诗文集》有诗五卷、文六卷,以序、记、碑铭、杂著等为主,散文数量多于诗歌。余学夔《北轩集》十八卷,前十一卷为记、序、传、践、书、墓表等散文及铭、赞等韵语,卷十二到十七为诗歌,卷十八为赋、雅、颂等韵文,散文占绝大多数。陈敬宗《澹然先生文集》六卷除第一卷为赋、颂等韵文外,其余全为记、序、题跋、赞之类的散文,明显以散文为主体。李时勉《古廉文集》共十一卷,第十一卷为诗,前十卷除第一卷为赋颂,第二卷有少量铭文,第七卷夹了少量诗、赞外,其余收的都是记、序、表、说、封事、墓志等散文,也是以散文为主体。周叙《石溪周先生文集》八卷,前三卷为诗,第四卷为辞赋,第五至八卷为奏疏、表、书、墓志、序、记等。罗亨信《觉非集》九卷(《觉非集》共十卷,但第十卷为附录,所收乃后人撰述之与罗有关的年谱、墓碑、省志、鉴史、传赞之类,故实际上只有九卷),六卷为散文,三卷为诗。这些都足以说明与李昌祺同时的作家,散文创作远比诗歌创作为多。李昌祺《运甓漫稿》七卷,包括六卷诗歌,一卷词作,甚至还留下了一部文言小说集《剪灯余话》(关于《剪灯余话》放在下一节论述),与台阁体的文学背景更加背离。从李昌祺正统元年自选诗集来看,李昌祺对当时的主流文坛并无意迎合。

二是,从作家的身份地位来看,台阁体作家身居馆阁,长期在朝中任职。李昌祺由翰林出身,任礼部郎中将近十年(永乐五年至十六年,中间三年谪役长干寺)。此后一直在地方为官,永乐十六年(1418)出任广西左布政使,永乐十七年(1419)被贬河北房山,洪熙元年(1425)直到正统四年(1439)出任河南左布政使。"京官曾做,方面也曾做",人生阅历丰富,有机会接触到底层的社会生活方面。

从李昌祺的身份地位来看,他曾有任职馆阁的经历,但又由台阁到山林。洪武时期,宋濂等人论及台阁山林之文时有较为普遍的认识,如居台阁之位则要使创作有台阁之丰腴;居山林之僻远,创作自然具有山林之风。从山林与台阁的特点上来看李昌祺及其创作,自然可以发现其兼具台阁与山林的特征。总体上,《运甓漫稿》在文体上不符合台阁文人以散文为主体的创作方向,但李昌祺身居朝廷馆阁之位时也有大量的台阁之作。相应地,任职地方官,晚年辞官归隐,进入山林,其创作摆脱了早期台阁体的窠臼,具有了山林文学活泼任情的感性色彩。今人乔光辉《徘徊在"台阁"与"山林"之间的孤独者》评价李昌祺诗作:"呈现出在'台阁'与'山林'之间徘徊的趋势。"①乔先生看到了李昌祺诗两个方面的特征,但在两者之间徘徊,似乎不能把两者分开。然而昌祺诗词作品,较为明显地呈现为前后期台阁与山林的区别。因此,把李昌祺创作分为台阁文学与山林文学两类进行研究,是符合创作实际,符合当时台阁文学盛行的时代文学背景的。

二、前期台阁化创作

李昌祺台阁化创作时间,主要在其早期朝中为官时期。李昌祺于永乐二年(1404)中进士,入翰林院为庶吉士,永乐五年(1407)出任礼部主客司郎中。这一时期是李昌祺台阁化诗歌创作的高峰期,内容上表现为迎合朝中颂盛鸣盛的创作需要,写出了朝拜、献瑞等颂盛应制诗,内容较为单一。出任地方为布政使时期,仍时时仰望朝廷,有一些台阁风格的诗作。

《运甓漫稿》写李昌祺在朝中亲历的重大朝廷事件,其中永乐皇帝几次率军北征,皆取得较大的胜利,是为举国盛事。随同皇帝扈驾从征也是特别荣耀之事,昌祺有送好友曾棨扈驾出征之作《送同年曾侍讲扈从北行》二首:

> 长乐踈钟曙色催,千官扈跸出蓬莱。香飘辇路鸾舆至,日射天袍雉扇开。九域车书同盛典,两京词赋属雄才。从容得侍清闲宴,更捧南山万寿杯。
>
> 天子宸游幸北京,从官谁是最知名。青鸾紫凤随行在,玉碗金盘出内庭。芳草细承宫佩软,飞花故落御衣轻。赓歌何限邹枚匹,独说相如赋有声(《运甓漫稿》卷五)。

① 乔光辉.徘徊在"台阁"与"山林"之间的孤独者——《运甓漫稿》的文化心理释读[J].中国韵文学刊,2004(3):48-53.

此二首诗用词典雅,赞颂江山大一统盛况的同时,赞美曾棨的文采无双。其中"芳草细承宫佩软,飞花故落御衣轻"一联,工整而有思致。李昌祺亲身参与迎送皇帝车驾往还之事,其《车驾南还江东驿拜迎有作》:

> 鸣笳迭鼓震淮山,共喜时巡大驾还。画刊戟雕戈罗万骑,紫驼白象列诸蕃。欢声远度旌旗外,香雾长浮罕毕间。杂沓都人多似蚁,一时拜舞望龙颜(《运甓漫稿》卷五)。

写迎驾的盛况,笳鼓震天,旗幡漫天,都人争相拥挤一睹龙颜。诗作形象而生动,虽为喜迎圣驾、欢歌颂圣的台阁之作,比之台阁体的空泛苍白,此首诗对迎驾场面的热闹进行了生动的描写,别有一番风韵。李昌祺作为礼部郎官,举凡朝中祭祀参与颇多,《运甓漫稿》对此有多首诗作进行描述,有《孝陵春日陪祀二首》(残缺),其《南郊分献礼成有作》:

> 凤盖鸾旗下九关,丰隆列缺护郊坛。星临行殿钟初动,月射斋宫夜未阑。佳气直浮双阙外,祠光遥在万松间。相如未觉才疏薄,谁道明朝献颂难(《运甓漫稿》卷五)。

《孝陵秋日陪祀柬彭赞礼永年》:

> 钟山欲晓色苍苍,小辇轻舆出建章。苑鹿不惊仙仗过,潭龙故喷御泉香。重城隐雾留残月,高树含风送早凉。惟有祠官最清贵,时来导驾沐恩光(《运甓漫稿》卷五)。

朝贡献瑞亦是礼部职责,李昌祺有《二月二十六日钦颁天花祥云瑞光图至自北京,并秦中所献玄兔,余忝署礼部事,陪百官致辞称贺,退而有作》描写祥瑞之献:

> 柳暗花明禁御春,宝图颁瑞示廷臣。云霞烨煜天光近,河汉昭回

御墨新。秦甸已看来异兔,周郊又见出祥麟。太平嘉应多如雨,献颂何人笔有神①。

朝中为官,早朝是日常活动,《元日早朝》诗:

　　熹微曙色半氤氲,阊阖初开卤簿陈。云表露凝仙掌重,仗前风细佩声匀。雪消鸡鹊千门晓,花映鸳鸯合殿春。久侍朝班无寸补,年年此日沐恩新。

《早朝》:

　　金河秋早水生凉,清漏沉沉夜未央。阙对钟山通御气,露抟仙掌溢寒光。天垂复道星辰近,月隐重城睥睨长。粉署由来多俊彦,独惭题柱汉仙郎(《运甓漫稿》卷五)。

两首早朝诗写宫中上朝情景,以及自己期待建立功业的愿望。宫中闲暇的时光,李昌祺与友人酬韵赋诗,有《东华春望次周编修韵》《西掖书怀次周编修韵》之作。当时朝中流行次韵宋人郑獬"左掖闻莺"之作,写宫廷生活。李昌祺作有《左掖闻莺次前人韵》:

　　万年枝上雨新晴,朝退初闻禁苑莺。隔叶好音偏入听,傍花娇语更多情。悠扬巧入龟年笛,缥缈清谐子晋笙。惟有词臣最闲暇,轻摇玉佩让和鸣(《运甓漫稿》卷五)。

杨士奇《东里集》诗集卷二《和郑孟宣助教左掖闻莺》:

　　新莺飞集万年枝,宛宛流音欲曙时。乍协仙韶当紫殿,更谐琼佩

---

　　① ［明］李昌祺.运甓漫稿[M]//［清］永瑢,纪昀等.文渊阁四库全书.上海:上海古籍出版社,1987:493.

近彤墀。九天春日初留听,千里云林独系思。惟有郑虔才调绝,朝回洒翰一题诗。

王偁《虚舟集》卷五《退朝左掖闻莺追和郑纪善之作》:

帝城春早觉春和,朝罢莺声送佩珂。文羽不随天仗散,调音偏傍上林多。娇连蓝石花前听,响杂云韶柳外过。却忆故园芳树底,停杯为尔罢狂歌。

《沧海遗珠》卷二选王璲《左掖闻莺和郑孟宣助教》(王汝玉名璲以字行蜀人):

落絮飞花满禁城,万年枝上一莺鸣。全非幽谷间关调,总是东风宛转声。啼处尚含求友思,断时犹带惜春情。朝回左掖门前听,却讶箫韶奏九成。

《闽中十子诗》卷二十八选王翰林褒《次郑校书左掖闻莺之作》:

白头著作丈人行,左掖闻莺有短章。委佩乍分花外仗,停骖归滞柳边墙。谪仙老去乡心切,贾至才高野趣长。自笑云泥踪迹异,无因倾耳接飞觞。

李昌祺"左掖闻莺"之作与杨士奇、王偁、王褒、王璲之作,格调相似。这是一次馆阁文人次韵前人而相互唱和的文学活动,体现了台阁文人的闲适情趣。

李昌祺永乐二年(1404)中进士,入选翰林庶吉士,受太宗皇帝重视而授官,参与朝中重大活动,用诗歌记录当时的情景。李时勉《〈李方伯诗集〉序》评价李昌祺之诗:"河南布政李君昌祺,集其平生所作之诗,凡若干卷,不远千里以示予。反复观之,有典则温厚,如正士立朝,有流丽动快,如明珠走盘,有春容浩瀚,如长河大海滔滔不息。"可以概括李昌祺台阁化创作之典则温厚又春容浩荡的风格。

三、后期山林风创作

山林诗的创作主要是李昌祺出任地方及晚年诗作。地方为官及人生阅历的增加，使李昌祺更加了解现实，关怀现实生活；与僧人佛子的交往，使李昌祺有机会常去山水禅院，体会山水林泉的真谛。这些都促使李昌祺写下了较多关注现实及乐于山林的山林诗。晚年归处田园更使得李昌祺以田野生活为乐，着意于诗趣的发现。朱彝尊《静志居诗话》称昌祺诗"务谢朝华，力启夕秀"，在台阁体盛行的文学时代，开辟出了山林诗的新天地。

李昌祺山林诗创作，从内容上来看包括以下几个方面主题。

首先，宣泄郁闷怀抱。李昌祺《〈剪灯余话〉序》说自己创作《剪灯余话》："矧余两涉忧患，饱食之日少，且性不好博弈，非藉楮墨吟弄，则何以豁怀抱、宣郁闷乎？虽知其近于滑稽谐谑，而不遑恤者，亦犹疾痛之不免于呻吟耳，庸何讳哉？"创作动机是郁闷的宣泄，就像疾痛时的呻吟，而决非以文为戏。在诗中，李昌祺不吝于情感的抒发，与《剪灯余话》同时，《己亥房山除夕营中作》《房山旅舍》作于永乐十七年被贬房山之时，抒发了孤独凄凉之感：

> 残腊中宵尽，孤怀百感深。已惭先哲训，徒抱古人心。偃息何由得，勤劳敢不任。寒灯照空榻，拥褐谩愁吟。
>
> 患难仍连岁，蹉跎独此身。风尘双短鬓，宇宙一穷人。向曙繁星没，凝寒积雪新。椒花今夕酒，谁寿白头亲。
>
> 稚子捐深爱，酸辛痛莫支。坐愁侵骨髓，行乐负心期。风俗殊方异，人情近老悲。前程驽马足，敢不慎驱驰。
>
> 风雪当除夕，空营一榻孤。天涯悲舐犊，地下忆童乌。宁复衰颜壮，惟应泪眼枯。大灵如不妄，再拜谢玄夫。
>
> 今夕犹常夕，如何倍忆家。二三千里道，四十五年华。贫有文章在，官无品秩加。遥知妻共女，愁坐卜灯花。
>
> 警柝严逻逻，寒更独坐听。凄其孤影瘦，邪许万声停。败壁风穿苇，空庖凌在饼。茫茫天壤内，么么一螟蛉（《运甓漫稿》卷三）。

李昌祺此时被谪役房山,心情之郁闷可想而知。六首诗,分别写了除夕夜的孤凄、蹉跎无成的感喟、稚子早丧的锥心之痛、家人分离的离愁、天地间孤独茫然无助之感,真挚的凄苦感情是李昌祺当时心情的如实反映。同样的诗作还有《庚子元日》《房山旅舍》二首:

> 旭日熹微散曙光,忽逢元日倍沾裳。久随尘土房山卒,曾厕烟霄粉署郎。蒲柳岂知浑易老,屠苏犹忆最先尝。惟余一寸丹心在,绝似葵花只向阳(《运甓漫稿》卷五)。

> 枕寒衾冷对孤灯,室似邮亭榻似僧。清泪几行揩又落,斜风细雨送残更(《运甓漫稿》卷六)。

其次,关怀民瘼,抒写现实。洪熙元年(1425),李昌祺任职河南左布政使,长达十几年,李昌祺用诗记录了在任内留下的足迹和对现实社会的关怀。河南布政使司府邸在开封,古称汴梁、汴城。《重莅汴藩示流民》客观地反映了当时流民逃离家园,社会凋敝,赋税沉重的现实:

> 汴藩控西北,水陆咸此会。太行如长城,截业壮藩卫。黄流自天来,荡潏势何锐。土壤多肥美,风俗寡浮伪。云胡遽凋弊,征调靡宁岁。富者化贫窭,窭者填沟浍。十室数口存,一户百徭萃。妇人废蚕绩,杼轴悉空匮。丁男应夫匠,累载负租税。偷生既难期,逃窜非所畏。嗟我忝旬宣,重临益惊悸。劳来固乃职,夙夕思尽瘁。庶几解倒悬,疲瘵少苏遂。矧兹圣明朝,屡下宽恤惠。苦语示群氓,归哉理荒秽(《运甓漫稿》卷一)。

《晚登汴城》诗感慨年岁有旱灾:

> 休骑上荒城,斜阳万感并。岁怜频有旱,雷怪久无声。芳树鸠巢废,香泥燕垒成。缅怀前宋士,人艳道乡名。

《长葛道中》写禾黍未收的郊原景色：

郊原殊苍莽，禾黍未全收。桑柘千村晚，枌榆四野秋。空林投倦鸟，枯草龁疲牛。淡霭轻烟外，微茫见许州。

《次襄城》写晨起衣单怯寒，豆苗、柿子特有的秋天景象：

晨铎语西风，衣单怯露浓。豆苗遮地黑，柿实照园红。晓色苍茫里，秋光惨淡中。永怀东汉士，风裁李膺雄。

《晚至叶县》诗写旅途艰辛，与白鸥的闲适形成对比：

扰扰道途间，埃尘两鬓斑。清风牛背笛，斜日马头山。荷盖擎残绿，榴房破嫩殷。苹花秋水岸，空羡白鸥闲。

《留鲁山县》写黎庶民众凋残，民风败坏：

黎庶凋残甚，惟余朴俭风。名因元子重，地本鲁王封。抚恤无贤令，流移有惰农。谁将于蔿曲，歌向五云中。

《内乡县》写村落凋敝，农户变流民：

岩邑千山里，荒村户半逃。晓餐炊橡栗，寒火爇蓬蒿。深秀非盘谷，凋零类石壕。自伤无善政，抚问敢辞劳。

《新野即景》写路途所见：

村暗蒙蒙雨，清流浅浅溪。菊花长带湿，豆荚半沾泥。野迥居民少，林昏去路迷。自投新野界，蒿草与人齐。

《雨中赴唐县》：

冒雨趁唐县，蓬蒿已厌看。长途泥滑滑，平地水漫漫。枵腹流民馁，单衣稚子寒。抚巡兼劳徕，衰病敢求安。

《宿泌阳县田舍》：

民家深树里，下马点灯时。风雨关门早，衣裳拜客迟。艰难逢歉岁，逼迫后租期。说到伤心处，潸然泪满颐。

《过光州望马中丞墓》：

元运方全盛，公文擅大家。谨严真有法，恫愊信无华。故里祠堂废，荒阡墓碣斜。欲羞苹藻荐，不敢驻行车。

《晚赴西平》：

晚涉西平境，荒郊望欲迷。暝烟村远近，寒树冢高低。驿路通淮甸，僧房隔汝溪。栢亭何处是，极目草萋萋。

《经息县》：

岁晏经新息，晨征念路遥。轻冰方尽合，残雪未全消。行客归心切，居民馁腹枵。停车徒自感，只合返渔樵。

《归自南阳》：

去日犹秋暑，归时已冷霜。江山非故里，人物是他乡。老态随年出，离愁共路长。埃尘如见恋，到处扑衣裳。

再次，参禅悟道，隐逸色彩。李昌祺早年董役长干寺，使他接触到方外人士，《运甓漫稿》中有许多酬赠方外友人的诗作。李昌祺晚年早早辞官，归隐田里。关于李昌祺晚年辞官乡居，明史本传称"不待引年，坚乞致仕。""家居二十余年，屏迹不入公府。"究其原因，仕途坎坷的打击、佛教思想的影响都是使其辞官归去的影响因素。但李昌祺家庭中淡泊处世的思想影响应是重要的一个方面。父祖辈隐居不仕，特别是父亲终生不仕，以行医为生，以诗书为乐，悠游生活，淡泊自处的态度，对他的人生态度的形成有关键的影响，直接引导着他早早辞官，归老乡居。归乡之后有许多作品写归田之乐、田家生活、天伦之乐，如《东溪钓隐》"只与渔樵长混迹，自缘轩冕久忘情"，《湖山佳趣歌》《题夹竹桃花图》《枇杷晚翠》《丙寅端阳述怀》等诗。李昌祺晚年推崇陶渊明，有模拟之作如《渊明酌酒图》《渊明图》。

最后，女子风情与男女情事《传奇美人才貌歌》：

俊仪美女名灵芝，绿云为鬓冰为肌。心聪手巧性温婉，喜嗔语默皆相宜。芙蓉娉婷海棠艳，百媚千娇一身占。非但天生绝世姿，填词和曲尤华赡。或吹或拍或弹弦，般般自小都学全……安排闹热浓妆扮，演习新鲜妙传奇（《运甓漫稿》卷二）。

诗写名为灵芝的扮演传奇的伶人，才华出众，姿态妍丽。《席上赠妓》写狎妓故事：

绾雾纤纤指，凌波小小莲。春山银烛下，秋水玉尊前。舞袖鸳鸯锦，歌珠玳瑁筵。座间俱狎客，惟属杜樊川。（《运甓漫稿》卷二）

描写妓女体貌，香艳风流。《醉春风书所见》：

"雅淡嫌华丽，娇容原自媚。如何蓦地忽相逢，记记记眉扫。春山裙拖秋水，柳腰纤细。默逗文园意，锦字凭谁寄。雨云幽会甚时谐，未未未知共。何人翠帏深处，镇偎鸳被。"（《运甓漫稿》卷七）

如此香艳表现男女之情的词作，在时人的作品中绝少见到。《运甓漫稿》四

元明戏曲小说研究

库提要引用郑瑗《井观琐言》批评话语："李布政昌祺人多称其刚毅不挠,尝观其运甓诗稿,浮艳太逞,不类庄人雅士所为,所谓枨也欲,焉得刚云云①",大抵也是就这类诗作来说的。

就词作来看,李昌祺是明初作家中作词较多的一位,词作近 50 首。早期朝中为官时期的词虽然本质上与当时词坛流行的台阁体并无二致,却往往能在应酬、赠别中融入个人的某些政治理想与人生追求。晚年乡居阶段的词则表现了他对往昔官宦生涯的反思与追悔及对田园生活的感悟。

---

① [清]永瑢,纪昀等.文渊阁四库全书[M].上海:上海古籍出版社,1987:413.

李昌祺创作思想探微

——以《剪灯余话·何思明游酆都录》为中心

　　李昌祺,名祯,以字行,江西庐陵人;有诗词集《运甓漫稿》和文言小说集《剪灯余话》存世。李昌祺是明代"永宣之治"时期的著名文臣,治功颇著,所留下的文学创作较之同时期的文人亦较为丰富,因此研究其创作思想是有意义的。关于李昌祺创作思想的前人研究成果,以乔光辉先生《明代剪灯系列小说研究》为代表,在分析文学成就时论到李昌祺的创作思想,有作为治世之臣的儒家思想,以及间杂佛道两教影响的思想因子;(乔光辉,2006)萧相恺《试论〈剪灯余话〉的创作思想——兼与〈剪灯新话〉比较》论到《剪灯余话》的创作思想时,认为重建理学家的道德规范、敦伦尚义是李昌祺创作的主导思想①。本文试以《剪灯余话》中《何思明游酆都录》为中心,探析李昌祺的创作思想,作为对前人研究成果的补充。《何思明游酆都录》是文言小说集《剪灯余话》中的一篇,揭示了何思明人物形象来源、特征,可更为深入细致地考察李昌祺的创作思想。

　　李昌祺在进行《剪灯余话》之《何思明游酆都录》的创作时,一方面故事情节受前人作品影响,另一方面何思明人物形象的理学家特征又借鉴了宋明理学大儒的特质。最为根本的是《何思明游酆都录》侧重于议论的特征、概念化的人物形象及人物形象的发展转变,是作者创作思想的直接反映,反映了作为深受儒家思想熏陶的儒者,李昌祺本人对于儒释道关系融会贯通的理解,对于佛道作用的认识。李昌祺虽受佛家思想影响,根本上他还是要以佛、道来辅助儒家教化,体现了拯世济民的儒者情怀。

---

　　① 萧相恺.试论李昌祺《剪灯余话》的创作思想——兼与瞿佑《剪灯新话》比较[J].南京师大学报(社会科学版)2002(5):131-139.

一、借鉴《剪灯新话》二篇的写法

李昌祺博学多识,曾参与《永乐大典》的编纂,在参与编修的过程中,有机会接触到大量的子史杂著、稗官小说。钱习礼《河南布政使司左布政使李公墓碑铭》中记载"会修《永乐大典》,礼部奉诏选中外文学之士以备纂修,公在选中。例凡经传子史下及稗官小说悉在收录。"①虽经纂修《永乐大典》,经传子史、稗官小说对他的创作自会产生影响,但最直接的影响,则来自于瞿佑的《剪灯新话》。李昌祺《剪灯余话》自序云:"客有以钱塘瞿氏《剪灯新话》贻余者,复爱之,锐欲效颦;虽奔走埃氛,心志荒落,然犹技痒弗已"②,因此其小说创作在风格上与《剪灯新话》多有相似③,甚至在题材上直接取材于此。就本论文所要探讨的《剪灯余话》中的《何思明游酆都录》来说,人物、故事情节,便来自于《剪灯新话》卷二《令狐生冥梦录》、卷四《太虚司法传》。

《何思明游酆都录》与《剪灯新话》中二篇相似之处颇多。三篇故事的结撰方式大致相同,皆为开头批判鬼神佛道,及至见证了地狱或恶鬼,结尾转为妥协。故事情节发展相一致,何思明与令狐撰、冯大异一样,初始不信鬼神,轻视污蔑鬼神妖异,及经历了地狱鬼神之后,思想变化,方始相信。三篇故事情节、人物形象大致相类,可以看出《何思明游酆都录》对《剪灯新话》二篇的直接借鉴和模仿。

但细读之,则可发现李昌祺创作《何思明游酆都录》不乏独特用心。从人物身份特征来看,在《剪灯新话》中,令狐撰被定位为一个正直的业儒之人,因看不惯乌老者为富不仁,才对地狱官府大加挞伐;冯大异亦只是一个胆识过人的狂士,而在《剪灯余话》中,李昌祺特意强调了何思明是大宋人,专心于性理之学,著书立说,批判佛道的荒谬和无稽,是一个以理学道统自任的道学家。

从故事主旨来看,《剪灯新话》中"令狐生冥梦录"写的是一个善恶到头终

① 钱习礼.河南布政使司左布政使李公墓碑铭[M]//永瑢,纪昀等.文渊阁四库全书本.上海:上海古籍出版社,1987.

② 李昌祺.剪灯余话序[M]//瞿佑.剪灯新话(外二种).上海:上海古籍出版社,1981.

③ 萧相恺.试论李昌祺《剪灯余话》的创作思想——兼与瞿佑《剪灯新话》比较[J].南京师大学报(社会科学版),2002(5):132-139.

有报的故事,有愤世嫉俗的感情在其中;《太虚司法传》则写在战乱的背景下,由于诬鬼而被鬼报复的故事,小说具有志怪的性质;《剪灯余话》之《何思明游酆都录》前半部分写何思明对道统的维护、对佛道异端的批判,后半部分地狱因果报应的警示蕴含了自我修身、劝惩人世的意义,此文与其他篇目共同构成了《剪灯余话》终篇的"风教"①主题。

二、借鉴宋明理学家的特质塑造人物

与《剪灯新话》二篇不同,《何思明游酆都录》中的何思明是一个观念化的道学家形象:

> 大宋人,号烂柯樵者。通五经,尤专于易,以性学自任,酷不喜老、佛,间遇其徒于道,辄斥之曰:"四民之中,纵不为士,为农,为工、商,岂不可也? 何至为是哉?"著《警论》三篇,每篇反复数千言,推明天理,辨析异端,匡正人心,扶植世教。其上篇略曰:"先儒谓:天即理也。以其形体而言,谓之天;以其主宰而言,谓之帝;帝即天,天即帝。非苍苍之上,别有一天。宫室居处,端冕垂旒,若世之帝王者,此释、老之论也。"

何思明坚持理学天道伦理,阐发出整套的道统理论以批判佛道;将死,弟子私下祈祷神佛,被何思明训斥,可谓至死坚持不礼佛求道。

何思明反佛道异端的道学形象,来源于宋明以来辟异端的理学人物,甚至可以追溯到中唐时期韩愈的辟佛行为。韩愈认为佛教不合古圣先王之道,有违儒家道学传统,因而提出"火其书、人其人、庐其居"②的主张,用政治强力毁掉僧寺、焚烧佛经、迫使僧尼还俗,来达到辟佛的目的。宋代的理学代表人物"二程"和朱熹都反对佛道。对待佛教,甚至不乏轻蔑的意味,如在"二程"那里"佛

① 张光启.剪灯余话序[M]//瞿佑.剪灯新话(外二种).上海:上海古籍出版社,1981.
② 屈守元,常思春.韩愈全集校注[M].成都:四川大学出版社,1996.

亦是西方贤者"①，"佛者一懒胡尔，佗本是个自私独善，枯槁山林，自适而已"②；
"原释祖只是一个黠胡""他只是一个自私奸黠"，对佛祖的"敬"，也是在佛祖是
胡人的基础之上，"佛亦是胡人之贤智者，安可慢也"③。朱熹有言："佛祖是西
域夷狄人，却会做中国样押韵诗"，佛祖只是被目为西方的异族，甚至被诋为"懒
胡""黠胡"。朱熹在《晦庵先生朱文公文集》中说："释氏既不识元，绝类离群，
以寂灭为乐，反指天地之心为幻妄，将四端苗裔遏绝闭塞，不容其流行，若儒者，
则要于此发处认取也"。朱子语类曰"释氏之学，只有克己，更无复礼工夫，所以
不中节文，便至以君臣为父子，父子为君臣，一齐乱了"，在朱子看来佛家的主张
对儒家纲常伦理、宗亲繁衍是极为不利的，因此要加以反对，以维护道统。

　　明初，太祖礼遇僧道、佛道，两教得到急速的发展，引起了一些儒者的反对，
引发了不小的政治风波，《明史·李仕鲁传》记载：

　　　　仕鲁疏言："陛下方创业，凡意指所向，即示子孙万世法程，奈何舍
　　圣学而崇异端乎!"章数十上，亦不听。
　　　　仕鲁性刚介，由儒术起，方欲推明朱氏学，以辟佛自任。及言不见
　　用，遽请于帝前曰："陛下深溺其教，无惑乎臣言之不入也。还陛下笏，
　　乞赐骸骨，归田里。"遂置笏于地。帝大怒，命武士摔搏之，立死阶下。④

　　李仕鲁以承继推扬朱学为任，与朱子一样，批判佛家异端。但由于与朝廷
意向背离，加上言辞激烈，行为乖张，冒犯太祖君威，自然为朱元璋所不容。

　　洪武后期，方孝孺与其老师宋濂兼容三教不同，也排佛辟道，以明王道、辟
异端为己任；激烈批判佛道，尤其对佛教放言驱斥；认为佛道的思想不合圣人之
论，反对人死为鬼的观点。在《种学斋记》中，他说："事乎老、佛、名、法之教，其
始非不足观也，而不可以用，用之修身则德隳，用之治家则伦乱，用之于国于天

① 程颢，程颐.二程遗书[M].上海:上海古籍出版社,2000:347.
② 程颢，程颐.二程遗书[M].上海:上海古籍出版社,2000:267.
③ 程颢，程颐.二程集[M].北京:中华书局,1981.
④ 张廷玉.明史[M].北京:中华书局,1974:3989.

下,则毒乎生民,是犹(禾夷)种之农也,学之蠹者也。"①他认为佛老之说不利于修身齐家以及国家天下治理,与儒家思想背驰,因此要加以禁治。黄宗羲《明儒学案》方孝孺说:"故景濂氏出入於二氏,先生以叛道者莫过於二氏,而释氏尤甚,不惮放言驱斥,一时僧徒俱恨之。"②可见与僧道两教几乎到了水火不容的地步。

曹端生于洪武九年(1376),主要活动时间在永乐、宣德年间,被称为"明初理学之冠"③,是与方孝孺同时稍后,以道自任、排斥异端的理学人物。曹端对于佛道等异端,批判态度亦甚为激烈,"二十一岁,志意坚定,内不溺于章句文辞之习,外不惑于异端邪说之谬,卓然以斯道为己任。"④曹氏反对事佛,反对鬼神之论,在渑池及霍州、蒲州学正任内,多次毁淫祀、禁丧事用佛事。

韩愈及宋明理学人物的辟佛道异端的思想行为,为李昌祺塑造何思明形象所借鉴,但与李昌祺同时的曹端,则是何思明形象的直接来源。曹端与小说作者李昌祺生于同年,两人虽不见有交往记载,然曹端的声名早已引起了李昌祺的注意。因曹端崇正道学,反对异端,身体力行,推及于弟子乡人,引起了较大的影响。雍正《山西通志》记载:"为霍州学正,修明圣学,诸生服从其教,郡人皆化之,耻争讼,监司大吏必造谒"⑤,"海内荐绅大夫多推宗之"⑥;永乐十三年(1415),"参政张公临霍,察先生学行卓异,执其手曰:今日乃知曹止夫也,大书'廉静'二字赠之,当时称'廉静先生'者本此。"⑦曹端言行所及,影响下至乡里,上至朝廷官员。曹端思想及言行在小说人物何思明身上有直接体现。如果把何思明辟佛道与曹端的行为进行比较,即能大致明白:

---

① 方孝孺.逊志斋集[M]//[清]永瑢,纪昀等.文渊阁四库全书本,上海:上海古籍出版社,1987.

② 黄宗羲.明儒学案[M]//[清]永瑢,纪昀等.北京:中华书局,2008.

③ 张廷玉.明史[M].北京:中华书局,1974:7239.

④ 曹端.曹月川集[M]//[清]永瑢,纪昀等.文渊阁四库全书本,上海:上海古籍出版社,1987:21.

⑤ 储大文.雍正山西通志[M]//[清]永瑢,纪昀等.文渊阁四库全书本,上海:上海古籍出版社,1987:186.

⑥ 曹端.曹月川集[M]//[清]永瑢,纪昀等.文渊阁四库全书本,上海:上海古籍出版社,1987:26.

⑦ 曹端.曹月川集[M]//[清]永瑢,纪昀等.文渊阁四库全书本,上海:上海古籍出版社,1987:23.

何思明"通五经,尤专于《易》",亦有曹端理学"以太极为立本"①,"端尝言:'学欲至乎圣人之道,须从太极上立根脚'"②,作有《太极图说述解》一卷。

何思明酷不喜老佛,"间遇其徒于道,辄斥之";曹端曾与僧人辩论,直使僧人信服,"僧默然良久曰:'秀才言是也,恨年老不能从学耳。'咨嗟叹息,以杖击地者久之"③。

何思明"著《警论》三篇,每篇反复数千言,推明天理",亦有曹端"三十三岁,《夜行烛》成,以告其父。"④"父好善信佛,及闻端言圣贤之道,即从之。"⑤曹端阐明佛道之虚妄,而推扬圣贤之道。

小说人物何思明虽不似曹端思想言行深刻,其形象特征较为概括,但与曹端思想渊源一致,言行较为相似。如果说李昌祺塑造的何思明形象,取形于宋明以来,理学人物,那么从曹端身上则得其形与神。

综上,李昌祺借鉴了宋明以来理学人物崇正理学道统的言行及思想特征,特别是与他同时的理学大儒曹端,塑造了何思明形象。宋明以来理学人物坚持儒家传统,往往将佛道排斥在外,即使是宋儒朱熹、"二程"吸收了佛道思想来阐扬理学,然而从维护道统出发,也排佛斥道。何思明排佛道异端的形象特征,则浓缩了宋明理学之儒的特征。

三、倾注自己的思考:融汇佛道,归于儒家教化

《何思明游酆都录》中,何思明形象发展变化固然有模仿、继承《剪灯新话》

---

① 储大文.雍正山西通志[M]//[清]永瑢,纪昀等.文渊阁四库全书本,上海:上海古籍出版社,1987:3.

② 张廷玉.明史[M].北京:中华书局,1974:7239.

③ 曹端.曹月川集[M]//[清]永瑢,纪昀等.文渊阁四库全书本,上海:上海古籍出版社,1987:22.

④ 曹端.曹月川集[M]//[清]永瑢,纪昀等.文渊阁四库全书本,上海:上海古籍出版社,1987:23.

⑤ 孙奇逢.中州人物考[M]//[清]永瑢,纪昀等.文渊阁四库全书本,上海:上海古籍出版社,1987.

二篇写作思路的成分,更可以看到李昌祺本人对于儒佛道三教关系的思考。李昌祺把现实中曹端等理学家的特征加诸在何思明身上,然而并没有简单比附,而是给了道学家何思明另一种出路:何思明经过酆都地狱的警示,终于幡然醒悟,明悟因果,并终身为官廉洁自律。

首先,不同于现实中曹端等理学家排佛的是,李昌祺在何思明身上,寄托了对佛道较为融通的观点。在小说中,有一段这样的叙述:由于何思明批判佛道,到了酆都地狱,受到地狱台尊批评;台尊告诉何思明,谓真正的儒者,必然上下通明,出入无方,像何思明这样偏执己见毁仙谤佛之人,只是拘而不通,俗腐迂谬之人,烂冒儒者之名罢了。李昌祺对此必然是认同的。因为从他自身特殊的人生经历来看,李昌祺受佛家思想影响,兼容儒与佛道,并非迂执的腐儒。

何思明身上寄予了李昌祺个人的心结。李昌祺自幼学习儒家经典,以明经于永乐二年(1404)中进士,被选为翰林庶吉士,参与《永乐大典》的修撰,被授予礼部郎中,工作能力得到认可,人生仕途可谓一帆风顺。然而于永乐十年(1412)至永乐十三年(1415),却被贬谪,在金陵大报恩寺(长干寺)董役寺庙修建,历经三年①。事有其偶,永乐十七年(1419),李昌祺再次从一方要员的广西左布政使任上,被贬到河北房山,年底写下了《剪灯余话》,当然其中包括了《何思明游酆都录》。

李昌祺董役长干寺三年,这段生活经历,对他的人生和思想产生了较大的影响,"形成其内心隐秘的佛教情结。"②在《运甓漫稿》诗集中,有大量写给僧人的诗作以及参悟佛理的诗歌,如《寄定岩戒上人》:"我时虽是宰官身,意马心猿久已驯。拟拨懒残煨芋火,蒲团分坐话声尘。"(以下文中李昌祺诗作,皆出于文渊阁四库全书本《运甓漫稿》)(《运甓漫稿》卷二)《题意上人卷》:"我欲归投选佛场,蒲团贝叶共禅床。"(《运甓漫稿》卷二)李昌祺与佛家结缘,因此出行途中总爱宿在僧舍禅院,留下了不少诗作,如《宿兴国寺》《宿端壁寺》《宿废普济寺》《宿舞阳开元寺》《除夕宿汝宁僧舍闻停止夫役喜而有作》《宿正觉寺僧房》《重宿僧寺三首》《宿襟山寺》。《剪灯余话》中"听经猿记"一篇,李昌祺在用小说的

---

① 乔光辉.李昌祺年谱[J].东南大学学报(社会科学版),2002(6):104-111.
② 乔光辉.大报恩寺与李昌祺的佛教情结及其对《剪灯余话》的影响[J].东南文化,2005(3):48-53.

形式讲述着佛教教义:主人公袁逊虽为猿猴,托身为儒生,历经官场风波、妻离子散,投身空门参禅悟道,二百年后成就高僧大德。

在李昌祺所作《运甓漫稿》诗集中,还有大量表现道家参悟及写给道士的诗歌:

> 《拟影赠形》:"愿君取吾语,日进参与苓。"
> 《形答影》:"参苓且当止,莫若衔杯觞。"
> 《神释》:"人生斯世间,于物亦岂殊""但当委大运,俟命宁忧虞。既来谅必去,此理端不诬。逍遥以乘化,荷锸徒区区。"
> 《洞章一首送彭道士》:"欲结无穷游,飞神蹑璇杓。稽首拜太上,高举同逍遥。"
> 《徐道士安处轩》:"清虚固其性,声利岂所便。智黜道乃得,朴返真斯全。将随凤鸾侣,以引龟鹤年。"(以上皆出于《运甓漫稿》卷一)

李昌祺对道家服食之事和道家逍遥之游,寄予期盼。他有一位很好的道友陈致广,李昌祺有四首写给他的诗,分别是《送葛维彰人材还乡兼寄声精微陈征士》《题商山四皓图为陈征士致广题》《钟山樵隐歌为陈征士致广作》《题竹为精微陈征士作》,借诗表达自己"同是青原白鹭人,我独胡为归未得",对归去隐逸、返璞归真的向往。

在《何思明游酆都录》的结尾,有《蜉蝣关铭》:

> 有崇者关,镇厚地也。有赫其威,把关吏也。名之蜉蝣,精取义也。凡厥有生,自兹逝也。去未愈时,旋复至也。何殊此虫,一日毙也。南阎浮提,光阴易也。幢幢往来,曷少憩也。请视斯名,悟厥譬也。六道四生,早出离也。逍遥无方,证忉利也。举为天人,关可废也。敬听余铭,发弘誓也。咨尔幽灵,守勿替也。

此文今未见他处有作,当为李昌祺托名何思明所作。明人孙绪说:"李(作

《剪灯余话》）虽用事险僻,少涉晦涩,要之皆其胸臆中语,非窃之他人也。"①《剪灯余话》中大量诗词皆出自李昌祺之手,增加了小说诗化的抒情特征;虽有为小说虚构人物所作的目的,但无疑表现了李昌祺的才华以及个人思想。

所作《蜉蝣关铭》意在表达对生死的感叹:"凡鬼受生人间者,悉从此出,然不久复至,犹蜉蝣朝生夕死然。"李昌祺两次贬谪的人生经历,恰似地狱的经历,使他对生死轮回、功名利禄有了超脱的认识,对生命的理解加入了佛道思想,超脱了现实中贬谪的痛苦,不再拘执于儒家思想之一端。小说中何思明魂游地府,死而复生,还阳后召集弟子说:"二教之大,鬼神之著,其至矣乎! 过毁老、释,今致削官减禄,几不能生,小子识之。"作者正是通过何思明思想的顿变,表达了自己对儒与佛道之关系,持一种宽容的态度。

其次,根本上,李昌祺还是一个关怀现实世道人心的儒者。在 71 岁生日之际作《丙寅初度作》一诗:

> 蹉跎逾七十,勤苦曾备历。误蒙明圣知,谬忝中外职。顾已惭菲薄,于时乏裨益。处盈亏必随,履泰否斯即。至理谅在兹,昧者固弗识。叩阍乞残骸,休退恩旨锡。遂令犬马躯,获返田野迹。长揖画省僚,重负从此释。今辰届初度,厨传仍岑寂。傍人竞嗤笑,穷约犹曩昔。妻孥颇愧赧,而我固悦怿。平生守儒素,晚节敢变易……贫非吾所忧,病岂吾所戚。宠辱与升沉,宁复置胸臆。忘机侣鸥鹭,植杖随沮溺。浩然天壤间,俯仰惟意适。长歌自为寿,坐对远山碧。(《运甓漫稿》卷一)

此诗表达李昌祺一生安于清贫以自守的儒者情怀。从小说《何思明游酆都录》的结尾安排来看,何思明"果终知县,而且清慎自将,并无瑕玷,号称廉洁,盖有所儆云",这既是写何思明也是作者自况。与《剪灯新话》小说二种相较,《太虚司法传》小说结尾以冯大异死后报复恶鬼,封为太虚司法结束;《令狐生冥梦录》小说结尾乌老者得到惩罚,在愤世嫉俗中参以戏谑的鬼使笑谈结束;《何思

---

① 孙绪.沙溪集[M]//[清]永瑢,纪昀,等.文渊阁四库全书.上海:上海古籍出版社,1987:621.

明游酆都录》少了怪奇诙谐的成分,多了儒家现实的关怀。李昌祺任河南左布政使期间,巡视地方,关怀民瘼,曾作有:

> 《雨中赴唐县》:"冒雨趁唐县,蓬蒿已厌看。长途泥滑滑,平地水漫漫。枵腹流民馁,单衣稚子寒。抚巡兼劳徕,衰病敢求安。"
>
> 《内乡县》:"岩邑千山里,荒村户半逃。晓餐炊橡栗,寒火烧蓬蒿。深秀非盘谷,凋零类石壕。自伤无善政,抚问敢辞劳。"
>
> 《宿舞阳开元寺》:"驱车巡郡邑,夜夜宿僧房。窗掩芭蕉雨,钟敲薜荔霜。一灯千虑集,孤枕五更长。无补惟宜退,先茔有草堂。"(以上《运甓漫稿》卷三)

李昌祺长期任地方大僚,了解民间疾苦,素有善政。儒家治国平天下的理想,是他一生的主导思想。他把佛家思想的影响,融化在了儒家理想之中。在思考儒与佛道两教的关系时,是站在儒家伦理立场上来看的,正如他在《剪灯余话》中表现出来的"风教"意识,都表明李昌祺要借小说重建"理学家的道德规范"[1]。人物何思明经历了酆都地狱,遍观地狱中"堪治不义之狱""堪治不睦之狱""剔镂狱""秽溷狱""惩戒赃滥之狱",内心受到极大触动,临出关时又被训诫"今当改过,毋作昔非",于是知果报之不虚,从而让人可以为官廉洁,为民遵从仁义孝悌之道。那么佛道两教的作用,是有助于朝廷政治教化的,有助于理学家倡导的伦理道德规范的,这一点与明初朝廷政治思想导向相呼应。

明初,立程朱理学为国家统治思想,然而太祖朱元璋及成祖朱棣都对佛道两教加以提倡,正是要发挥佛道两教治国教化的辅助作用:

> 故天地异生圣人于西方,备神通而博变化,谈虚无之道,动以果报因缘,是道流行西土,其愚顽闻之,如流之趋下,渐入中国,阴翊王度,

① 萧相恺.试论李昌祺《剪灯余话》的创作思想——兼与瞿佑《剪灯新话》比较[J].南京师大学报(社会科学版),2002(5):132-139.

已有年矣。斯道非异,圣人之道而同焉①。(《宣释论》)

　　夫三教之说,自汉历宋至今,人皆称之……于斯三教,除仲尼之道祖尧舜,率三王,删时制典,万世永赖;其佛仙之幽灵,暗助王纲,益世无穷,惟常是吉。尝闻,天下无二道,圣人无两心。三教之立,虽持身荣俭之不同,其所济给之理一。然于斯世之愚人,于斯三教,有不可缺者②。(《三教论》)

　　朱元璋曾写过一篇《鬼神有无论》,专门驳斥一些大臣斥鬼神为荒诞之说,认为鬼神之存在不仅于世无害,还可以让人有畏于天,发挥"暗助王纲"的治世功效。

　　李昌祺是永乐二年(1404)进士,深受皇恩,自与朝廷主导思想相一致。其思想深处虽有着佛家的影响,但他处理儒佛关系的立足点是儒家教化,理学规范,儒家修齐治平的思想、理学的伦理道德是他价值观的出发点,从政当然要拯救世道人心,要化民成俗,敷治王道,因此在正统二年(1437)八月他上疏言三事,治世之心拳拳可表:

　　一城市乡村旧时俱有社学,近年废弛,即令各按察司添设佥事,专督学政,乞令府州县正官,量所辖人户多寡,创修社学……
　　一近者禁约僧尼,诚为厚俗首务……
　　一前代忠臣烈士载在祀典,若宋丞相文天祥……春秋正官于庐陵祠堂行礼,仍乞追赐美谥,表显忠贞,以劝来裔。
　　上嘉纳之,命行在礼部,会官议行③。

　　一则建议创建社学,恢复社学之制,关注底层社会教育问题;二则僧尼泛

　　① 朱元璋.明太祖文集[M]//[清]永瑢,纪昀,等.文渊阁四库全书.上海:上海古籍出版社,1987:115.
　　② 朱元璋.明太祖文集[M]//[清]永瑢,纪昀,等.文渊阁四库全书.上海:上海古籍出版社,1987:108.
　　③ 俞汝楫.礼部志稿[M]//[清]永瑢,纪昀,等.文渊阁四库全书.上海:上海古籍出版社,1987:844.

滥,惑众坏俗,针对僧尼败坏社会风气问题,提出禁约僧尼;三则提出祭祀先贤宋丞相文天祥,以表彰忠贞,劝导后人。李昌祺认同佛教,但当僧尼坏乱社会的时候,他又毫不犹豫要禁约惩治僧尼,作为儒者的李昌祺关心社会治化,要以儒家道德伦理规范社会秩序。

四、余论:兼谈"剪灯"小说被禁

从社会治理的角度,李昌祺提倡禁约僧尼,不同于曹端等理学大儒的排斥佛道,他不是纯粹说教的理学醇儒,而是注重社会治化的儒者,因此他不拘执,不迂腐,也因此他写下了兼容儒释道三家思想的文言小说《剪灯余话》。但作为叙事性的文言小说,其主旨虽在于"风教",但其离儒家六经、理学诸作,是有很大的距离的,如薛瑄认为:

> 《读书录》四库提要,瑄尝言:"乐有雅、郑,书亦有之。"《小学》"四书""六经"、濂、洛、关、闽诸圣贤之书,雅也,嗜者尝少,以其味之淡也。百家小说、淫辞、绮语、怪诞不经之书,郑也,莫不喜谈而乐道之。盖不待教督而好之矣,以其味之甘也。淡则人心平而天理存,甘则人心迷而人欲肆。"观瑄是录,可谓不愧所言矣。

薛瑄此论代表了正统文化主流视小说为淫乐怪诞之书的看法,《剪灯余话》(以及《剪灯新话》)的说奇志异,是与当时的正统主流思想相背离的,应作为李昌祺等小说遭到禁绝的理由之一。宣德三年(1428),赵弼作《〈效颦集后〉序》中言:"客有见者,问曰:子所著忠节道义孝友之传,固美事矣,其于幽冥鬼神之类,岂非荒唐之事乎?荒唐之辞,儒者不言也,子独乐而言之,何也?"[1]从薛瑄所言与赵弼的序言中,足见当时人们认为志怪小说与儒家主流文化格格不入。

明初主流思想单一、思想控制严酷,当政治形势需要,《剪灯余话》以及瞿佑《剪灯新话》一起被禁也就势成必然。因为在正统七年(1442),"剪灯"二种文言小说,对国子监中诸生理学正统书籍的阅读造成了影响,"至于经生儒生多舍

---

① 赵弼.效颦集后序[M] // 丁锡根.中国历代小说序跋集.北京:人民文学出版社,1996.

正学不讲,日夜记忆,以资谈论,若不严禁,恐邪说异端日新月异,惑乱人心,实非细故"(胡广,1962),因此李时勉上疏请禁小说,奏入,朝廷下令禁毁。

至于李昌祺,由于创作《剪灯余话》,不得入乡贤祠,后果严重。明人都穆《都公谈纂》曾记景泰年间,韩雍巡抚江西,禁李昌祺入乡贤祠①,"其殁也,议祭于社,乡人以此短之"②。叶盛《水东日记》卷十四《庐陵李布政祯》亦有记载:

> 庐陵李祯,字昌祺,河南左布政使。为人耿介廉洁,自始仕至归老,始终一致,人颇以不得柄用惜之。尝自赞其像曰:"貌虽丑而心严,身虽进而意止。忠孝禀乎父师,学问存乎操履。仁庙称为好人,周藩许其得体。不劳朋友赞词,自有帝王恩旨。"盖亦有为之言也。景泰中,韩都御史雍以告之故老进列先贤祠中,祯独以尝作《剪灯余话》不得与。祯他为诗文尚多,有《运甓》等集行世,其《余话》诚谬,而所谓《至正妓人行》,亦太袭前人,虽无作可耳③。

叶盛此论对李昌祺为人品性自是肯定,然对于《剪灯余话》颇有微词,大有不加考察,片面论定的粗疏。叶盛与韩雍同为正统年间进士,对于李昌祺《剪灯余话》遭禁、不入乡贤祠一事,当是详知。叶氏此论显是受禁毁事件影响,亦从另一方面反映了当时主流文化对于"剪灯"小说的看法,足见"要求禁小说是士大夫的普遍呼声,李时勉顺应了时代的潮流。"

胡海义《科举教育与剪灯二种的禁毁》一文云正统十四年(1449),韩雍禁李昌祺入乡贤祠。所言时间不确,应为景泰年间,景泰二年(1451)及之后。又据叶盛著,魏中平点校的《水东日记》载:"景泰中,韩都御史雍以告之故老进列先贤祠中,祯独以尝作《剪灯余话》不得与。"再据,《明史》卷一百八十七:"景泰二年,(韩雍)擢广东副使,大学士陈循荐为右佥都御史,代杨宁巡抚江西。"

但就李昌祺本人生前身后遭遇来看,当时及后人都不无惋惜,时人"颇以不得柄用惜之"。到了隆庆、万历年间,有朱孟震《汾上续谈》"李方伯余话",

① 王利器.元明清三代禁毁小说戏曲史料[M].上海:上海古籍出版社,1981:128.
② 王利器.元明清三代禁毁小说戏曲史料[M].上海:上海古籍出版社,1981:220.
③ 叶盛.水东日记[M].北京:中华书局,1980:142.

感叹：

> 乡先达庐陵李公祯字昌祺，永乐甲申进士，任终广右方伯，居官清介，生平著述甚富，曾拟瞿宗吉著《剪灯余话》。既没，郡人欲祀入乡贤，都宪韩公雍以此少之，遂罢。然考公《剪灯余话》，盖于经济燕闲，游戏翰墨，大要略征往事以年侪，藻词如长卿、子虚、昌（鱼奄）、毛颖，外若环奇而内存法戒，非浪语也。其间虽不无一二艳词，然《毛诗三百篇》中，若桑间濮上，存而不删，即靖节闲情何伤？高雅竟以言辞小失，遂弃其终身，而吠声者又狺狺不已，良可惋惜。且欧苏二文忠，作为小词传播宇宙，至于今祀典不废，王弼、郑玄辈视公何如也，皆得从祀先圣庙庭，韩公之见似亦隘矣①。

朱氏此段论述颇有代表性。在后人看来，李昌祺以河南左布政使退官归里，位列二品，清声雅望，为人所尊；然因《剪灯余话》小说不入乡贤祠，不得从祀先圣庙庭歆享后人香火，实为遗憾。

———————————

① 朱孟震.汾上续谈［M］//顾廷龙，傅璇琮.续修四库全书本.上海：上海古籍出版社，1996：690.

朱子故事的流传及文化内涵研究

　　南宋朱熹不仅是一位理学家,也是一位教育家。他以一位儒者的情怀,在勤于治政的同时,传播思想,发展地方教育,兴办书院,广收弟子,推行教化,因而被尊为朱子。南宋以后朱子得以配享孔庙,思想人格受到历代尊崇。有元至明清,程朱理学被立为官方哲学,成为科举功名的必由之路,程朱理学自上而下影响力非常大。康熙帝称道:"惟宋之朱子注明经史,皆明确有据,而得中正之理。今五百余年,其一字一句莫有论其可更正者,观此则孔孟之后可谓有益于斯文,厥功伟矣。"(见《婺源县志》卷六十四《清康熙壬辰年升祀朱子奏仪》,清光绪九年刻本)也因其巨大的影响力,在官方正统文化之外,关于朱子的传说,文人笔记、小说家言及民间故事传说等叙事文学领域前后相继,传播广远。从中国叙事文化学的研究角度出发,可以窥见朱子故事流传的路径,故事背后的文化蕴涵,从此一项研究出发,窥斑知豹,也可以为古代文人故事类型叙事文化学研究提供一点借鉴和思考。

一、朱子故事的流传演变

　　后世流传的朱子故事主要集中在朱子弹劾唐仲友、朱子与妓女严蕊、朱子判案断狱几类。进行朱子故事演变的梳理,有必要从历史上真实的朱熹着手。

(一)历史上朱熹其人与朱、唐交奏公案简述

　　朱熹的生平事迹概况,今人已经整理详尽,有束景南《朱熹年谱长编》可以参看。原有的历史资料主要集中在《宋史》本传、《朱熹文集》《朱子语类》等著作中。根据《宋史》本传记载,朱熹少年天才、好学不辍,成年后治政有方、修建书院、讲学教化、著书立说,并且刚正不阿、立身为民。朱熹弟子陈淳对其师治政功绩有具体陈述,《郡斋录后序》说:

先生在临漳首尾仅见一期,以南陬敝陋之俗,骤承道德正大之化,始虽有欣慕而亦有愕然疑哗然毁者。越半年后,人心方肃然以砥砺属励志节而不敢恣所欲,士族奉绳检而不敢干以私,胥徒易虑而不敢行奸,豪猾敛踪而不敢冒法,平时习浮屠为传经礼塔朝岳之会者在在皆为之屏息,平时附鬼为妖,迎游于街衢而抄掠于间巷者亦皆相视敛戢,不敢辄肆。良家子女从空门,各闭精庐,或复人道之常。四境狗偷之民,亦望风奔遁,改复生业。至是及期正尔,安习先生之化,而先生又行,是岂不为可恨哉①。

　　朱熹知漳州仅一年的时间,政绩斐然。可见朱熹不仅在传播儒学思想方面功绩赫然,而且在实际的治政中也能提出切实可行的措施,并有卓然成效。

　　关于朱熹与唐仲友一桩公案,以及牵涉到妓女严蕊的一段史实,今人已经有了详尽的考辨,史实基本清楚。如李致中《历史上朱熹弹劾唐仲友公案》一文列举并详细分析了朱熹弹劾唐仲友六状后认为,"综观朱熹弹劾唐仲友的罪状,条款虽多,但最重要的当是他利用私刻会子版刷印官会,而犯法发配来的犯人蒋辉,在他恐吓之下继续为自己再度私刻会子版,刷印官会。这是知法犯法,罪不容诛。前述第六状对此款情节已说得具体而入微,恕不赘述。"②唐仲友与严蕊事迹,朱熹《按唐仲友第四状》中叙述得十分清楚:"追到严蕊,据供:每遇仲友筵会,严蕊进入宅堂,因此密熟,出入无间,上下合千人,并无阻节。今年二月二十六日宴会,夜深仲友因与严蕊逾滥,欲行落籍,遣归婺州永康县亲戚家。说与严蕊:'如在彼处不好,却来投奔我。'"③朱熹弹劾唐仲友罪责属实,并无诬陷;弹劾唐仲友私通妓女严蕊一事也并无疑义。谢谦《朱熹与严蕊:从南宋流言到晚明小说》也认为朱熹弹劾唐仲友并非出于个人恩怨,而是职责范围内对唐仲友不法行为的追诉,同时期,朱熹还上书弹劾了其他人的罪状。由朱熹对唐仲

　　① 陈淳.北溪先生大全集(卷十)[M].北京:线装书局,2004:56.
　　② 李致中.历史上朱熹弹劾唐仲友公案(版本目录学研究第二辑)[M].北京:国家图书馆出版社,2010:461-486.
　　③ [宋]朱熹.朱熹集(卷十九)[M].成都:四川教育出版社,1996:746.

友的弹劾为源头,当时的宰相王淮对同乡兼姻亲的唐仲友有所庇护,把舆论的矛头转向学术之争,转向对朱熹道学的批判,由此开启了庆元党争①。李鹏飞《论人与文的接受和传播——以朱子形象为中心》也说:

> 束景南教授在《朱熹年谱长编》中指出,唐仲友是一个贪赃枉法的官吏,朱熹对其参劾合理。谢桃坊先生在《宋词辨》中指出:"严蕊是一个贪婪奢侈、仗势受贿、挥霍公款、诈骗钱财的歌妓,其人入狱是罪有应得的,不值得人们同情。"莫砺锋先生对这一现象进行了全面的证伪和总结后指出:"有些后人把唐仲友与严蕊视为一对忠于爱情的痴男怨女,从而为他们一洒同情之泪,并对棒打鸳鸯的朱熹百般辱骂,实在是受了小说家言的误导。②"

(二)宋末及元明文人笔记中的朱子故事

笔记又可称为笔记小说,它的特点就是兼有"笔记"和"小说"的特征。它的内容广泛驳杂,举凡天文地理、朝章典制、草木虫鱼、风俗民情、学术考证、鬼怪神仙、艳情传奇、笑话奇谈、轶事琐闻,等等,"笔记"使其在记叙上获得了一种散文化的记叙空间。在这一自由的空间里,作者可以叙述,也可以表达别人及自己的观点,而"小说"则是一种带有故事性的叙述和创作,由于"笔记"本身获得的自由空间,又可以使"小说"创作与散文化的"笔记"叙述相互交叉,使其优势十分明显。因此,古代文人笔记所记既有积极的记人述事意义,又有随意发挥、道听途说、斑斓驳杂、经不起考辨的特点。

大致与朱子同时,已经出现了文人笔记对朱子故事的记述,最早的当属洪迈《夷坚志》。《夷坚志》第十卷"吴淑姬严蕊"条:

> 台州官奴严蕊,尤有才思,而通书究达今古。唐与正为守,颇属

---

① 谢谦.朱熹与严蕊:从南宋流言到晚明小说[J].四川师范大学学报(社会科学版),2010(5):74-78.

② 李鹏飞.论人与文的接受和传播——以朱子形象为中心[J].朱子文化,2019(2):53-54.

目。朱元晦提举浙东,按部发其事,捕蕊下狱。杖其背,犹以为伍伯行杖轻。复押至会稽,再论决。蕊堕酷刑,而系乐籍如故。岳商卿提点刑狱,因疏决至台,蕊陈状乞自便。岳令作词,应声口占云:"不是爱风尘,似被前缘误。花开花落自有时,总赖东君主。去也终须去,住也如何住?若得山花插满头,莫问奴归处。"岳即判从良①。

大略同时的俞文豹《吹剑录·四录》、陆游《四朝闻见录》分别记录了朱子弹劾唐仲友的缘由。稍后,吴子良《林下偶谈》仍然记述了朱熹弹劾唐仲友一事。

宋末元初,周密《齐东野语》则分两条记述了朱子与唐仲友、朱子与严蕊事件。

卷十七"朱唐交奏本末"条:

朱晦按唐仲友事,或云:吕伯恭尝与仲友同书会有隙,朱主吕,故抑唐。是不然也。盖唐平时恃才轻晦,而陈同父颇为朱所进,与唐每不相下。同父游台,尝狎籍妓,嘱唐为脱籍,许之。偶郡集,唐语妓云"汝果欲从陈官人邪?"妓谢,唐云:"汝须能忍饥受冻乃可。"妓闻大恚,自是陈至妓家,无复前之奉承矣。陈知为唐所卖,亟往见朱。朱问:"近见小唐云何?"答曰:"唐谓公尚不识字,如何作监司?"朱衔之。遂以部内有冤狱,乞再巡按。既至台,适唐出迎少稽,朱益以陈言为信。立索郡印,付以次官,乃摭唐罪具奏。而唐亦作奏驰上。时唐乡相王淮当轴,既进呈,上问王,王奏:"此秀才争闲气耳。"遂两平其事。(详见周平园《王季海日记》。而朱门诸贤所著《年谱》《道统录》乃以季海右唐而并斥之。非公论也。其说闻之陈伯玉式卿,盖亲得之婺之诸吕云)②

卷二十"台妓严蕊"条:

① [宋]洪迈.夷坚志(卷十)[M]:北京:中华书局,1981:1217.
② [宋]周密.齐东野语(卷十七)[M]:北京:中华书局,1997:323.

天台营妓严蕊字幼芳，善琴弈歌舞、丝竹书画，色艺冠一时。间作诗词有新语，颇通古今。善逢迎，四方闻其名，有不远千里而登门者。唐与正守台日，酒边，尝命赋红白桃花，即成《如梦令》云："道是梨花不是，道是杏花不是，白白与红红，别是东风情味。曾记、曾记，人在武陵微醉。"与正赏之双缣。

又七夕，郡斋开宴，坐有谢元卿者，豪士也，夙闻其名，因命之赋词，以己之姓为韵。酒方行，而已成《鹊桥仙》云："碧梧初出，桂花才吐，池上水花微谢。穿针人在合欢楼，正月露、玉盘高泻。蛛忙鹊懒，耕慵织倦，空做古今佳话。人间刚道隔年期，指天上、方才隔夜。"元卿为之心醉，留其家半载，尽客囊橐馈赠之而归。

其后朱晦庵以使节行部至台，欲摭与正之罪，遂指其尝与蕊为滥。系狱月余，蕊虽备受棰楚，而一语不及唐，然犹不免受杖。移籍绍兴，且复就越置狱，鞫之，久不得其情。狱吏因好言诱之曰："汝何不早认，亦不过杖罪。况已经断，罪不重科，何为受此辛苦邪？"蕊答云："身为贱妓，纵是与太守有滥，科亦不至死罪。然是非真伪，岂可妄言以污士大夫，虽死不可诬也。"其辞既坚，于是再痛杖之，仍系于狱。两月之间，一再受杖，委顿几死，然声价愈腾，至彻皋陵之听。未几，朱公改除，而岳霖商卿为宪，因贺朔之际，怜其病瘁，命之作词自陈。蕊略不构思，即口占《卜算子》云："不是爱风尘，似被前缘误。花落花开自有时，总赖东君主。去也终须去，住也如何住。若得山花插满头，莫问奴归处。"即日判令从良。继而宗室近属，纳为小妇以终身焉。（《夷坚志》亦尝略载其事而不能详，余盖得之天台故家云）①

周密《齐东野语》在《夷坚志》的基础上增加了细节，朱子故事更加绘形绘色。朱子弹劾唐仲友乃因受陈亮挑拨，唐仲友讥讽朱子不识字，表现出小肚鸡肠、胸襟狭隘，甚至无中生有构陷于人。妓女严蕊才情俱佳，更兼侠义情怀。不

---

① ［宋］周密.齐东野语（卷十七）［M］.北京：中华书局，1997：386.

过《齐东野语》在每一条结尾都注明了朱子故事从别处听来，就有了道听途说的嫌疑。

明万历时期蒋一葵《尧山堂外纪》卷六十，"朱熹（晦庵先生）"条：

朱韦斋，晦庵先生父也，酷信地理，尝招山人择地，问富贵何如？其人久之，答曰："富也只如此，贵也只如此，生个小孩儿，便是孔夫子。"后生晦庵，果为大儒（文公为同安主簿日，民有以力强得人善地者，索笔题曰：'此地不灵，是无地理；此地若灵，是无天理。'后得地之家不昌）。

天台营妓严幼芳（蕊）善琴奕、歌舞、丝竹、书画，唐仲友守台日，酒边尝命幼芳赋红白桃花，即调《如梦令》云："道是梨花不是，道是杏花不是。白白与红红，别是东风情味。曾记，曾记，人在武陵微醉。"仲友赏之双缣。其后，朱晦庵以使节行部至台，欲撼仲友罪，遂指其与蕊为滥，系狱月余。蕊虽备受棰楚，而一语不及唐。狱吏诱使早认，蕊答云："身为贱妓，纵与太守有滥，罪亦不至死。然妄言以污士大夫，则死不可诬也。"于是再痛杖之，仍系于狱两月间，一再受杖，委顿几死，而声价愈腾，至彻皂陵之听。未几，朱改除，而岳霖商卿为宪，怜之，命作词自陈，蕊口占《卜算子》云："不是爱风尘，似被前缘误。花落花开自有时，总赖东君作主。去也终须去，住也如何住？若得山花插满头，莫问奴归处。"岳喜，即日判令从良，而宗室纳为小妇，以终身焉。

严幼芳尝七夕宴集，坐有谢元卿者，豪士也，固命之赋词，以己姓为韵。酒方行，而已成《鹊桥仙》云："碧梧初出，桂花才吐，池上水花微谢。穿针人在合欢楼，正月露、玉盘高泻。蛛忙鹊懒，耕慵织倦，空做古今佳话。人间刚道隔年期，想天上、方才隔夜。"元卿为之心醉，留其家半载，尽客囊台馈赠之而归。

《尧山堂外纪》所记严蕊、唐仲友事与《齐东野语》相同，当来自于《齐东野语》，同时还增加了朱子诞生以及朱子祝笔显报应的传说。

（三）晚明小说家言的朱子故事

晚明凌濛初在前人笔记的基础上创作了拟话本小说《硬勘案大儒争闲气

甘受刑侠女著芳名》^①（下文简称为《硬勘案大儒争闲气》），收录在《初刻拍案惊奇》中。小说用细腻的笔触描写了朱子错断案、朱熹弹劾唐仲友、朱子与严蕊的故事。故事情节与最近的笔记小说《尧山堂外纪》基本雷同，说明其显然来自于《尧山堂外纪》。

小说从"文公为同安主簿日，民有以力强得人善地者，索笔题曰：'此地不灵，是无地理；此地若灵，是无天理。'后得地之家不昌。"一句敷衍开来，讲述小民妄诬大姓祖坟一事。朱熹按照小民不可能亦不敢诬陷大姓人家的常理，因此把原属于大姓的坟地断给了无赖小民。而小民也正是摸准了朱子锄强扶弱、爱护平民小户的心思，把大姓的坟地平白占去。朱熹日后经过此地，询问居民才得知小民妄诬大姓坟地一事，因此惭愧之下，对天祝告，上天显灵，毁了坟地的风水。小说用这样一件事作为拟话本体的入话，着重点出朱子的成心偏见、狭隘偏执，为下文处理唐仲友、严蕊事件中，朱子"秀才争闲气"的狭隘自私、滥用刑罚、挟私报复做铺垫。

黄宗羲《宋元学案》《明儒学案》相关记录评述可以参见。《宋元学案说斋学案》叙述严蕊事与凌濛初拟话本小说相近，黄宗羲评价曰"其（唐仲友）简傲或有之，晦翁亦素多卞急。两贤相厄，以致参辰，不足为先生概其一生。近世好立异功者，则欲左袒先生而过推之，皆非也。"《明儒学案河东学案下吕泾野语录》："诏因辞谢久庵公，与论讲阳明之学。公谓：'朱子之道学，岂后学所敢轻试？但试举一二言之，其性质亦是太褊。'"学案两书在客观评价朱唐公案的基础上，对朱子人品性格有一定判断："晦翁素多卞急""太褊"。这样的评价准确性有待确认，但在一定程度上印证了拟话本小说对朱子"成心"偏执的描述。

（四）今人整理的民间故事中的朱子故事

今人整理的民间故事中有大量的朱子故事，这些故事主要集中在闽学兴盛的福建地区。这些民间故事的形成时间是在何时？本文认为它们中很大一部分应是受到凌濛初拟话本小说《硬勘案大儒争闲气》的影响而来，形成时间当在晚明以后的清及民初时期（如《青石碑》《朱熹错判铁环树》两个故事主要情节

---

① ［明］凌濛初.硬勘案大儒争闲气 甘受刑侠女著芳名［M］//凌濛初.二刻拍案惊奇（卷十二），海口：海南出版社，1993.

都是小民利用朱熹锄强扶弱、为民做主一贯作风诬陷大姓故事。这个故事显然来自《硬勘案大儒争闲气》，《对天祝词显报应》也从这篇拟话本小说中来。闽南地区大量的断案故事，也可看作受拟话本的影响而产生）。

现有闽中地区朱子民间故事，经过今人搜集整理，主要集中在《中国民间故事集成》福建相关的县市民间传说中，集中在闽南地区的如：

朱熹在漳州的传说：

计除开元寺恶僧

断蛙池

白云飞应

石螺无尾虾仔红壳

何有石

塔口庵的来历

朱熹改诗

朱熹点破蜈蚣穴

青石碑

（陈淳）画月赠朱熹

——《中国民间故事集成·福建卷·漳州市卷》

朱熹访陈北溪

朱熹点破蜈蚣穴

朱熹错判铁环树

朱文公重建漳州府

文昌鱼的传奇

——《中国民间故事集成·福建卷·长泰县分卷》

《齐齐松》

《茅笔镇流》

《葬大林谷镇蟹精》

《对天祝词显报应》

闽北和赣南鹅湖书院、白鹿洞书院地区的民间故事,大多涉及朱子与狐仙的感情故事:

狐夫人

——崇安县新志(卷181)

鹅湖山朱熹遇怪

——《铅山县志》(南海出版公司,1990年)

狐狸墓

——《白鹿洞书院的传说》(徐顺明,湖南大学出版社,1997年)

比较闽北与闽南的朱子民间故事可以发现,"同为闽学重镇的闽北与闽南却存在着诸多不一样的民间传说,如以闽北民间传说为考察对象的杨星、陈飞的《朱子与民间传说》,'根据有关朱子传说的具体内容,今将其传说归纳为三大主题类型:一、奇异出生。二、神奇力量。三、与狐仙的怪异传说'……闽南地区,则与两地之间的文化具有重要差异。关于朱子在漳州的民间传说中的形象,当以李羧的《民间的朱熹——以漳州民间故事为个案》概括较为全面,即'在这些民间故事中,朱熹是一个心系黎民的州官、循循善诱的儒师、神仙道人、江湖术士',可见闽南地区不存在朱子与狐仙恋爱的传说。""两地区呈现出不一致的朱子形象,即朱子都具有奇异能力,但是朱子形象在闽北地区则偏向于书生形象,在闽南地区则偏向于儒家大学者与良吏形象。"[①]

闽北地区流传的《抓朱熹》(《中国民间故事集成·福建卷》)的故事,朱熹庆元党争之际,被韩侂胄追赶抓捕,依靠自己的教书为业的特点巧妙地避开,显示出了自己渊博的学识。

二、朱子故事演变的文化内涵

(一)朱子时期政治斗争遗留的阴影

如前文所述,宋人笔记中朱熹与唐仲友、严蕊的故事,是南宋党争的产物,

---

① 王志阳.论闽北与闽南民间传说朱子形象的异同及其成因[J].福州大学学报(哲学社会科学版),2019,33(3):42-48.

是捕风捉影的流言,而非信史。洪迈是宋人笔记关于朱子故事的始作俑者。洪迈为何要制作朱熹与严蕊故事以诬朱熹,历史原因复杂。《宋史》说洪迈"受知孝宗""所修《钦宗纪》多本之孙觌,附耿南仲,恶李纲,所纪多失实"。这受到朱熹尖锐的谴责:"故朱熹举王允之论,言佞臣不可使执笔,以为不当取觌所纪云。"①此外,由于洪迈窜改周敦颐《太极图说》首句,受到朱熹的责备②,使洪迈怀恨在心。洪迈在其晚年所著《夷坚志》第十卷"吴淑姬严蕊"条,炮制了"才妓作词,岳霖判案"的凄美故事,以此诋毁朱熹政声人品。洪迈笔记开其端,才有了后来以讹传讹,至晚明凌濛初拟话本小说把朱熹恶名加以传扬,流传到民间,就有了各样的朱子故事。闽北地区一则小故事《抓朱熹》则记录了庆元党争之际,朱熹被韩侂胄追赶抓捕的历史情景,是当时你死我活的政治斗争的再现。

(二)时代社会思潮的影响

明代中期王阳明心学崛起,随着王学左派的极端影响,带来的是晚明时期个性解放思潮的泛滥。个性解放思潮冲击着官方正统哲学,冲击着程朱理学。以李贽为代表反道学,斥道学为虚伪、僵化的时代思潮,重视人的情感欲望,迎合了日益壮大的市民阶层的审美趣味。《明史·儒林传序》云:"宗守仁者曰姚江之学,别立宗旨,显与朱子背驰,门徒遍天下,流传逾百年,其教大行,其弊滋甚。嘉、隆而后,笃信程朱,不迁异说者,无复几人矣。"在《硬勘案大儒争闲气》中,显现了作者对道学的思考,通过批判人人敬仰的道学先生朱熹,表达了对道学的质疑。凌濛初借机评论,立心正直的严蕊是真正讲得道学的。相反,不讲人情人性,逞一己之私的大儒朱熹是伪道学。文中还有议论:

> (陈亮)因到台州来看仲友,仲友资给馆谷,留住了他。闲暇之时,往来讲论。仲友喜的是俊爽名流,恼的是道学先生。同父意见亦同,常说道:"而今的世界,只管讲那道学、说正心诚意的,多是一班害了风痹病,不知痛痒之人。君父大仇全然不理,方且扬眉袖手,高谈性命,不知性命是甚么东西!"

① [元]脱脱.宋史(卷373)[M].北京:中华书局,1977:11574.
② 束景南.周敦颐《太极图说》新考[J].中国社会科学,1988(2):87-98.

通过考察晚明思潮解放的背景，细读"二拍"文本，特别是《硬勘案大儒争闲气》，可以对凌濛初的道学观做这样一个描述：一种理想的道德状态，不以贵贱易妻，不以良贱为念，不以存亡易心，守义重诺，且发自本心。那么，相对应的就是一种非出自本心，相对应的就是人处事态度的迂腐与拘泥礼法。

从凌濛初创作"二拍"拟话本小说的动机来看，凌濛初作为一个书商，他明白读者群的阅读趣味和审美趣味，因此凌濛初不仅要刻印当时颇受欢迎的"三言"来售卖，而且他要亲自动笔写作，沿袭着拟话本小说贴近市民阶层生活、重情近性的审美特点来创作，因此小说反对假道学，重视本心真性的倾向也是晚明时期的时代要求。

从闽北赣南民间故事关于朱子与狐仙的传说来看，"其中既有十分复杂的地域性差异，又是一个历经长期演变的过程。它既是武夷山百姓对朱夫子之感情藉千古狐魂的理想泛化，也是明清时代怨女旷夫消解性寂寞的精神药剂；既是宋元以降失意士人对科举制度的情绪反弹，也是纵逸之辈放浪形骸的辩护谈资；既是赣南萍乡"毛女洞"中山野之狐的转换移植，又是人们深层婚姻文化心理及伦理价值取向的折射反射"。①

一方面是节烈牌坊依然存在，压抑着社会中女性的身心，另一方面也就是在这朱子长期居住、讲学的崇安县，清初茶市渐兴，娼妓亦至：

> 娼妓一业，明以前无可考见，清初茶市渐兴，娼妓亦随之至。清末赤石一隅多至七十余家。夕阳初下，莺燕交飞，遍地笙歌，声闻数里。可谓极一时之盛。然此辈均赣籍，茶市一过，则风流云散矣。②

总体上来看，晚明清初社会思潮渐趋于放松对人性的压抑，纵情纵欲的人性解放潮流与这一时期艳情小说、猥亵小说的泛滥，提示着人们对于自我情感觉醒的要求，朱熹与狐精的感情故事提示人们天理人欲之辨中大儒的符合普通人想象的情感需求。

---

① 林振礼. 朱熹与狐仙怪异传说探索[J]. 泉州师范学院学报，2001(3)：62-68.
② 刘超然，郑丰稔. 崇安县新志[M]. 台湾：成文出版社，1941：166.

（三）闽中地区民间崇儒重文的文化氛围

闽地朱子学兴盛，闽中地区崇儒尚文的文化氛围不仅在上层士大夫圈，而且在民间也很有群众基础，特别从闽南地区的民间故事里，可以看到理学大儒朱子是十分受欢迎的。如前所述，"朱熹是一个心系黎民的州官、循循善诱的儒师、神仙道人、江湖术士"，是一位儒家大学者和锄强扶弱的清官。戴冠青所论最中肯綮："在这些故事中，朱熹的能力已经被民众无限扩大化，而且无一例外的是，他为民除害的武器都是神奇的朱笔或儒巾，朱笔和儒巾可是最能显示其知识者本领或身份的用具呀！由此不难看出，朱熹在闽南民众心目中多受敬重，闽南民众崇儒尚文的心理有多执著。"①

闽南地区朱子过化之后，特别是漳州地区士人学风兴盛，从乾隆壬午《龙溪县志》卷十"风俗"云"在宋为朱子之所过化，而民好儒……塾师巷南北皆有之，岁科应童子试额二千有奇，他邑弗及也。其魁垒者举子业之外，旁及诗古文词，往往有闻于世。世族多藏书……素封之家牙签玉轴灿然英简中"。朱子及弟子陈淳，到再传弟子，早就从根本上奠定了闽漳地区的崇儒之风。

结语

本文对朱子故事流传演变进行了必要的梳理，分析了其背后的文化蕴涵问题。但是朱子故事文本还不只此，还可以从朱子留下活动轨迹的各个地域的相关文人文献、民间文献入手，进行更加详尽的整理、爬梳、钩沉、掘遗。限于时间，这一部分工作只能留待接下来去做。本文在此抛砖引玉，谈一点拙见，不揣浅陋，期就教于方家！

---

① 戴冠青.民间的朱熹（外一篇）[J].福建文学,2016(3):77-81.

明初征辟制度与高启之死

高启被视为明初第一诗人，天才高逸。高启研究是明初文学研究中的热门话题。由于其遭遇腰斩的惨痛结局，又使得高启研究集中在被杀原因的探讨上。本文结合明初朱元璋实行的征辟制度和《大明律》相关法律规范，考察高启入明后的系列行为及遭遇，或可发现高启被杀的深层原因，也可从另一角度窥知明初朱元璋的待士态度，以及士人与朝廷的关系。

一、征辟制度源流与明初复行

征辟是由朝廷或官府下诏令对山林隐逸、特殊才学或有德之士的征召选拔，不需经过考试，直接任官的选官制度。汉代，征辟作为选官方式已经成熟，朝廷和地方州府都可以收纳贤才，分为征召和辟除。杨鸿年《汉魏制度丛考》考述："征是君主诏召，辟是公府及州郡招致。……征和辟还是不同的，而征字一般仍限于君主召人使用"①。当时朝廷征召常用安车蒲轮，以束帛玄纁之礼征聘。"武帝即位，枚乘年老，乃以安车蒲轮征乘。……（武帝）建元元年，前使者束帛加璧，安车以蒲轮裹，驾驷迎鲁申公，弟子二人乘轺传从。"②东汉光武帝中兴汉室，以礼币征聘名士王良、韩康、杨厚。"辟除"，或称"辟举""辟署""辟召"，是官府任用属员的一种制度，辟除入仕有中央各部署辟除、地方州郡辟除。两汉时期由州郡辟除而入仕者，为数甚多，成为才士入官的重要阶梯，如西汉的王尊，东汉的任文公、李合等③。魏晋时期，朝廷推行九品中正制选拔官员，征辟作为选拔人才的补充，继续施行。隋唐以后，科举选官制度日渐完善，朝廷征召

---

① 杨鸿年.汉魏制度丛考[M].武汉:武汉大学出版社,1985:204.
② [宋]徐天麟.西汉会要[M].北京:中华书局,1955:518—519.
③ 陈茂同.中国历代选官制度[M].上海:华东师范大学出版社,1994:66—68.

人才的做法一般在王朝建立之初实行,而州府辟举则不常行,征辟已成古法。

明初太祖复行汉代征辟遗风,在选任官员上,把古代征辟制度发挥到极致:在建立明王朝的过程中,为了壮大自己的力量,极力收罗人才;在国家初兴之时,为了满足政权建设人才匮乏的需要,亦极力礼待征聘贤才。洪武六年(1373),太祖不满于科举选才的不切实务,暂罢科举十年,专行征辟①,次数频繁,方式多样,数量惊人。但太祖对古之征辟制度的取用,只在朝廷一面征召,而把地方官府辟除弃之不用,并用法律明文规定不许将官、州县官员自辟幕属。《钦定续文献通考·辟举》:"明制,凡内外大小官除授迁转,皆吏部主之。间有抚按官以地方多事,奏请改调升擢者,亦下吏部复议,再奏允行,无辟举之例。"

明初征辟选官制度的大兴,改变了洪武时期文人的命运,大批文人被征聘到朝中或地方为官,在洪武时期严酷的法制下,大多命运凋零。诗人高启被征入朝修史、辞官,及最终被腰斩的命运,是洪武时期朝廷征辟制度下文人命运的一个缩影。

二、高启被征入朝修史与辞官

元末,高启隐居于吴淞江之青丘,时已有文名,自负甚高。曾自我评价曰:"壮志平生还自负,羞比纷纷儿女。酒发雄谈,剑增奇气,诗吐惊人语。"②《赠薛

---

① 关于明初征辟选官,清人龙文彬《明会要》在选举类下专设"征辟"一目,所录为洪武等帝王征才荐贤之事,以及以科目察举的事实。把荐举、察举选官统统纳入征辟,并无荐举及察举分类。本文讨论,沿用《明会要》做法,以征辟概括明初包括察举、荐举等选官方式。原因在于,虽然张廷玉《明史·选举志一》有,"选举之法,大略有四,曰学校,曰科目,曰荐举,曰铨选",学校、科目、荐举为选官途径,铨选为授官方式。郭培贵《明史选举志考证》沿袭了《明史》中"荐举"为选官途径之一的说法,但是考察明代"荐举""察举"的事实,可以发现清人龙文彬《明会要》的类目是合理的。结合古法征辟制度选人的特征,可以发现,明朝从朱元璋南征北战立国,到治国征贤,一直都在用征辟的方式来求贤纳才,所谓荐举授官也是在太祖求贤诏令和屡次强调的求才心切的情况下,要求地方官员及各级人士举荐以征用。而洪武六年(1373)特命察举,设科目以征才,往往是大批人才征辟到朝廷之后,朱元璋甚至来不及面谈就直接授官,并没有如汉代察举考选人才,失去了察举乡举里选的意义。所谓荐举和察举都是朝廷的人才征召,都体现了强大的国家和皇权意志。展龙《元末明初士大夫政治生态研究》已经注意到了这一特点,在书中以"征荐"概括荐举和征辟,并称是汉代的察举制。因此本文这里不用荐举、察举,而用"征辟"来概括,是符合太祖复古遗意和当时实际情形的。征辟作为选官古法包括征召和辟除,明代无州郡辟除,但沿用汉代传统,仍以征辟称之。

② [明]高启.高青丘集[M].上海:上海古籍出版社,2013:963.

相士》："顾影每自奇,磊落七尺长。要将二三策,为君致时康。"①焦竑在《玉堂丛语》中,详细记载了高启的个性特征:

> 高启,字季迪,吴郡人。少孤力学,能诗文,好权略,每论事,辄倾其座人。元季张士诚开府平江,文士响臻。启独依外舅周仲达,居吴淞江之青丘,歌咏自适而已。时饶介之、丁仲容以词学自雄,旁睨若无,见启诗大惊,礼为上客,启怡然不以屑意也。洪武初,与修《元史》,授翰林编修。一日薄暮,上御阙楼,召见启,大悦,擢户部右侍郎。辞罢去,仍赐内帑金,给牒放还。启身长七尺,具文武才,于书无所不窥,为文喜辩博,驰骋上下,精彩焕发,而于诗尤工,与按察使杨基、翰林待制张羽、布政使徐贲,号"吴中四杰",皆有集行于世②。

高启具有宏图伟志,见识超卓,可谓文韬武略皆备。然在张士诚时期,高启并未为其所用,在他所作《野潜稿序》中,借阐述君子潜、显要依于时的理论,说明自己当时并不看好张吴政权:

> 盖潜非君子之所欲也,不得已焉尔。当时泰,则行其道以膏泽于人民,端冕委佩,立于朝庙之上,光宠烜赫,为众之所具仰,而潜云乎哉!时否,故全其道以自乐,耦末耜之夫,谢干旄之使,匿耀伏迹于畎亩之间,唯恐世之知己也,而显云乎哉!……当张氏擅命东南,士之抠裳而趋、濯冠而见者相属也;君独屏居田间,不应其辟,可谓知潜之时矣。及张氏既败,向之冒进者,诛夷窜斥,颠踣道路,君乃偃然于庐,不失其旧,兹非贤欤?然今乱极将治,君怀负所学,可终潜于野哉③?

高启认为"时泰"应出仕建功,"时否"则要隐匿于畎亩。《练圻老人农隐》

---

①　[明]高启.高青丘集[M].上海:上海古籍出版社,2013:270.
②　[明]焦竑.玉堂丛语(卷七)[M].北京:中华书局,1981:243.
③　[明]高启.高青丘集[M].上海:上海古籍出版社,2013:880-881.

诗:"我生不愿六国印,但愿耕种二顷田。田中读书慕尧舜,坐待四海升平年。"①当大明立国,高启认为国家统一,乱极将治,入朝唱出了"四塞河山归版籍,百年父老见衣冠"②的由衷喜悦。如此,四海升平时代到来,高启在洪武二年(1369),应征入朝修史,正是他宿志的实现,在《召修元史将赴京师别内》一诗:"宴安圣所戒,胡为守蓬茨。我志愿裨国,有遂幸在斯"③,表露了内心的荣幸和欣喜。高启修《元史》,担任了"列女传"与"历志"部分的写作,是其所长,正如钱谦益评价高启"无书不读,而尤邃于群史"④。

高启在《元史》修订完成后,擢授翰林编修,复命教授诸王及功臣子弟。洪武三年(1370)七月,太祖御阙楼授高启户部侍郎,同日高启辞官,赐金放还。与高启同日辞官的还有好友谢徽。高启正当盛年,备受重用,自己的用世理想就要实现,为何又要匆促辞官?原因说法不一。高启辞官与明廷的"不合作说"已经受到质疑。高启《志梦》诗记载:"年少未习理财,且不敢骤膺重任"。⑤ 明人黄景昉分析说:"高季迪编修辞户部侍郎之擢,力请罢归,意但求免祸耳,非有他也。"⑥太祖以超迁户部侍郎厚待高启,高启感受到的却是忧惧,为求免祸而辞官⑦,此说较为合理。

总之,洪武二年(1369)至三年(1370),高启因修书征召入朝,备受恩遇,并得以赐金放还,可见此时太祖对高启等文人的厚遇宽容。

三、高启为何没有被朝廷再次征召

洪武三年(1370)至七年(1374)间,朝廷屡次下诏求贤,特别是洪武六年(1373)太祖诏罢科举,复行汉代选官遗意,加大了征召人才的力度⑧。比较同时期文人多次被征,高启却没有再次被征入朝,究其原因,情况较为复杂,而受

① [明]高启.高青丘集[M].上海:上海古籍出版社,2013:326.
② [明]高启.高青丘集[M].上海:上海古籍出版社,2013:577.
③ [明]高启.高青丘集[M].上海:上海古籍出版社,2013:274.
④ [清]钱谦益.列朝诗集小传[M].上海:上海古籍出版社,2008:74.
⑤ [明]高启.高青丘集[M].上海:上海古籍出版社,2013:945.
⑥ [明]黄景昉.国史唯疑[M].上海:上海古籍出版社,2002:9.
⑦ 史洪权.辞官与颂圣——高启"不合作"说之检讨[J].中山大学学报,2011(3):29-35.
⑧ 展龙.元明之际士大夫政治生态研究[M].北京:人民出版社,2013:404.

知于魏观,入幕魏观门下,有意避开朝廷征召,则是直接因素。这亦成为高启被杀的一个前因。

(一)太祖重儒生、轻文士

太祖亲近儒生,轻文学辞章之士。他曾说过:"听儒生议论,可以开发神智。"①并为儒士扬名:"朕阅《宋书》,见尚文之美,崇儒之道廓焉。且当时诸儒皆本贤之德,所以辅景运三百有奇,未尝文辱君命,事体滞行,可见文华君子之贤,君子行文之盛。今特仿宋制,以诸殿阁之名礼今之儒,必欲近侍之有补,民同宋乐,文并欧苏。"②洪武初年,太祖下诏征贤,所求儒士为多。洪武六年(1373)所定察举(征辟)科目,特别注明,德行为先,而文艺次之。在弘治《抚州府志》记载的明初荐举名目,有贤良官、通经儒士、明经博学、经明行修、贤良方正、孝悌力田、孝廉、怀才抱德、聪明正直、贤人君子、明经秀才、高年有德、老人、人才、能书秀才、精通书算等 16 类之多③。有德行之人,明经儒士,是征辟的重点对象,而只有"人才"一目才可能包含文学之士的征辟。洪武十三年(1380)明太祖废丞相后,先后征王本、李佑、袭敩、杜敩、赵明望、吴源、何显周诸儒为四辅官。明末俞宪称太祖"不喜文士"④。钱穆《读明初开国诸臣诗文集续篇》亦说:"历代开国,儒士之盛,明代为首。"⑤因此,明祖用人,"儒士"是重于"文士"的⑥。

在洪武初年急于用人的情势下,仍然有吴中文人因应对不称旨,不为朝廷所用:

———————————

① [清]赵翼.廿二史札记校证(卷三十六)[M].北京:中华书局,2013:879.

② [明]朱元璋.明太祖文集(卷三)[M]//[清]永瑢,纪昀,等.文渊阁四库全书.上海:上海古籍出版社,1987:28-29.

③ [明]抚州府志.天一阁藏明代方志选刊续编(四十八)[M].上海:上海书店,378-388.

④ [明]俞宪.皇明进士登科考(卷一)[M]//林丽月.明史研究论丛(第五辑).南京:江苏古籍出版社,1991:452-469.

⑤ 钱穆.中国学术思想史论丛(六)[M].上海:三联书店,2009:216.

⑥ 林丽月.明史研究论丛第五辑[M].南京:江苏古籍出版社,1991:452-469.

张羽,洪武四年,以儒士征至京,应对不称旨,放还①。

王行,郡守魏观、王观先后荐于朝,不报②。

吴中文人雅好文学,儒学风气不浓。张羽以儒士征至京师,应对不称旨,得以放还。第二次被征,文章才华才被朱元璋赏识。王行时教授书院,亦有才名,不为所用。以诗名世的高启在洪武三年(1370)七月辞官后,没有被朝廷再次征入,这是原因之一。

(二)高启有意逃避再次征召

高启有意逃避征辟,不愿再次入朝为官。据上文,魏观曾推荐王行入朝。王行与高启同在魏观门下,魏观并无举荐高启的行为。以高启与魏观的相契,可以肯定高启对此态度不积极。

洪武六年(1373),高启在相关的两次征召中,皆没有涉身其中。如上所述,洪武初年,太祖对高启等征召士人态度相当宽厚,如杨维桢、赵汸、陈基、赵埙、徐尊生、胡翰、高启、谢徽等皆辞官,受赐而归。同时,太祖持续对士人积极加以征用。事实上,洪武二年(1369)、三年(1370)参与修撰《元史》及礼书文人有四十来人,大部分得以授官。在辞官归去的文人中,杨维桢、陈基、赵汸、胡翰皆老疾,洪武二年(1369)赵汸卒,三年(1370)杨维桢、陈基卒,赵埙、徐尊生、朱右、朱廉等不受官文人③,在洪武六年(1373)复被征入修撰《日历》。《明太祖实录》卷八十五:"洪武六年九月壬寅,上从其(詹同)请。命同与侍讲学士宋濂为总裁官,侍讲学士乐韶风为催纂官。礼部员外郎吴伯宗,儒士朱右、赵埙、朱廉、徐一夔、孙作、徐尊生同纂修。"④此次修书,高启显然不在此列。同年,与高启同日辞官的好友谢徽,再起为国子助教。《明太祖实录》卷八十:"洪武六年三月乙丑,以儒士赵俶、钱宰、贝琼、郑涛、马盛、金珉、谢徽为国子助教。"⑤高启与谢徽友

①　[明]王鏊.姑苏志[M]//[清]永瑢,纪昀,等.文渊阁四库全书.上海:上海古籍出版社,1987:1076.

②　[明]王鏊.姑苏志[M]//[清]永瑢,纪昀,等.文渊阁四库全书.上海:上海古籍出版社,1987:1026.

③　[清]张廷玉.明史(卷二百八十五)[M].北京:中华书局,1974:7317-7320.

④　[明]胡广等.明太祖实录(卷八十五)[M].上海:上海书店,1982:1507.

⑤　[明]胡广等.明太祖实录(卷八十)[M].上海:上海书店,1982:1455.

好,同郡且相距不远,所谓"离思与秋长,芦花三十里。来往片帆通,相期作钓翁。"①即使此时高启已经入苏州城中夏侯里居住②,二人还是能够声气相通的。谢徽被征入朝,高启应是知晓的。昔日同事、朋友皆再次入朝,只有高启得以避免。

高启逃避征辟,究其原因,当与朝廷待士态度的日益严苛有关。《明史·王佐传》记载:"王佐,字彦举,先河东人……洪武六年被荐,征为给事中……性不乐枢要,将告归。时告者多获重遣,或尼之曰:'君少忍。独不虞性命邪?'佐乃迟徊。二年,卒乞骸归。"③以高启善感的心灵,自是可以感知当时朝中形势。早在洪武三年(1370),高启作有《送徐先生归严陵序》,借送徐尊生辞官归去,表达自己对于士人出处的看法:"先王之为政,莫先于顺人情,亦莫先于厚民俗;力有所不任者,不迫之使必为。义有所可许者,必与之使有遂,所以人之出处皆得,而廉耻之风作矣。"④高启理想的境界是士人能够"出处皆得",而越发严苛的待士态度自然不为高启所乐见。高启于是在魏观的邀请下,参与苏州治政,有意地避开了朝廷的征召。

(三)直接原因:游魏观幕⑤

高启游幕魏观门下,是高启在洪武六年(1373)前后朝廷屡次征召中置身事外的直接原因。洪武五年(1372)三月,魏观出任苏州知府。《明史·魏观传》记载颇为细致:

> 五年,廷臣荐观才,出知苏州府。前守陈宁苛刻,人呼"陈烙铁"。观尽改宁所为,以明教化、正风俗为治。建黉舍,聘周南老、王行、徐用诚,与教授贡颖之定学仪,王彝、高启、张羽订经史,耆民周寿谊、杨茂林、文友行乡饮酒礼。政化大行,课绩为天下最。明年擢四川行省参

---

① [明]高启.高青丘集[M].上海:上海古籍出版社,2013:290.
② [明]高启.高青丘集[M].上海:上海古籍出版社,2013:861.
③ [清]张廷玉.明史(卷二百八十五)[M].北京:中华书局,1974:7332.
④ [明]高启.高青丘集[M].上海:上海古籍出版社,2013:882-883.
⑤ 据《明史》卷一百四十《魏观传》,魏观邀请了高启、王彝等一批人才,咨询参议政事,颇有辟僚置幕的意味(中华书局,1974:4003)。此处用高启游幕魏观知府门下,比较符合当时的情景。

知政事。未行,以部民乞留,命还任①。

因下文有"明年擢四川行省参知政事",可知高启入幕魏观门下的时间在洪武五年(1372)。高启与魏观原为旧交。"与启同里,知其人"的李志光为之作传曰:"适江夏魏观为郡,老而好士,延见王彝辈,启尝会于京,尤礼遇之。"②洪武六年(1373)春,魏观为高启移居夏侯里,更加方便了高启参与苏州府事。魏观的礼遇自然使得高启要酬报知己,倾心相待,不愿轻易离开。王彝在洪武三年(1370)《元史》修成后,以母老为辞,归于乡里,同与高启游幕魏观,亦不入朝廷征聘。

四、高启被杀原因再探讨

关于高启的死因,贾继用先生系统梳理了从明初到当代的几种主要观点,认为:"以诗得罪说、辞官得罪说、苏州人身份说和政治斗争牺牲说,这些观点都不能解释高启之死的真正原因。其实,高启之死是明初众多文人罹难的一个简单例子,其死仅仅是因为在明初刑用重典和朱元璋反复无常及雄猜好杀的背景之下因'魏观案'连坐而死"③,高启被杀因魏观而起,大致成立④。兹在上文关于高启与朝廷征辟关系论述的基础上,结合朱元璋猜忌的心理和明初《大明律》的法令,进一步探讨高启被杀的内在动因。

(一)朱元璋对吴中地区的心理猜忌⑤

在元末群雄争战中,张士诚政治集团是朱元璋后期夺取天下最有力的竞争

---

① [清]张廷玉.明史(卷一百四十)[M].北京:中华书局,1974:4003.
② [明]高启.高青丘集[M].上海:上海古籍出版社,2013:994.
③ 贾继用.再论高启之死[J].温州大学学报,2011(3):111-116.
④ 在魏观案中,学界大多认为高启因魏观案连坐而死。但吴士勇《"魏观案"探析——兼论诗人高启》认为:"魏观案"并非因魏观浚河道和修府治得罪吴帅所致,而是朱元璋借机报复诗人高启的幌子。事实上,高启所作《上梁文》使用僭越文字歌颂魏观德政,可以称得上是结党谋逆,应是朱元璋下定决心诛杀魏观等人的一大促成因素。因此,高启是魏观案发生的一大重要因素。高启与魏观,在魏观案的发生中互为因果,相互促成。
⑤ 学者对此已有所论述,如郑克晟《论高启与魏观:再论元末明初江南士人之境遇》:朱元璋反复无常的个性与魏观所在苏州是江南重镇,是魏观案的深层因素。南开学报,2009(4):88-95.

对手,水火不容。张士诚"颇以仁厚有称"①,甚得吴中民心,因此至正二十七年(1367),朱元璋灭吴时遇到了吴中士民顽强的抵抗。"城中被困者九月,资粮尽罄,一鼠至费百钱。鼠尽,至煮履下之枯革以食。"②"城中木石俱尽,至拆祠庙、民居为砲具"③。陷城之后,朱元璋为彻底铲除张士诚余孽,惩戒那些曾经归附敌对政权的苏州百姓,下令将张士诚官属及杭州、湖州、嘉兴、松江等府官吏家属与外流寓之民二十余万押解至京,徙至临濠。同时对吴中地区在经济上予以打击,课以重赋。"视苏州为要害之地,设苏州卫指挥使司,派心腹驻重兵于此。即便如此,朱元璋对苏州仍然放心不下,这可从洪武年间苏州知府频繁的人事变动中看出来:朱元璋称帝31年,苏州知府竟换了30人,他对苏州官吏的警觉甚至达到神经质的地步。"④朱彝尊曾做过统计:"考洪武中,苏守三十人。左谪者昊懋;坐事去者何异、张亨;被逮者王暄、丁士梅、汤德、石梅、王绎、陈彦昌、张冠、黄彦端;坐赃黥面者王文;而子尚与魏祀山皆坐法死。当时领郡者,亦不易矣!"⑤

有两则笔记材料可以看出对张士诚及吴中地区,太祖有很深的猜疑与忌讳。陆容《菽园杂记》记有:

> 高皇尝微行至三山街,见老妪门有坐榻,假坐移时,问妪为何许人。妪以苏人对。又问:"张士诚在苏何如?"妪云:"大明皇帝起手时,张王自知非真命天子,全城归附。苏人不受兵戈之苦,至今感德。"问其姓氏而去。翌旦,语朝臣云:"张士诚于苏人,初无深仁厚德,昨见苏州一老妇,深感其恩。何京师千万人无此一妇也?"洪武二十四年后,填实京师,多起取苏松人者以此⑥。

徐祯卿《翦胜野闻》:

---

① [明]杨循吉.吴中故语.说郛三种(第九册)[M].上海:上海古籍出版社,1992:680.
② 同①
③ [清]谷应泰.明史纪事本末[M].北京:中华书局,1977:74.
④ 吴士勇."魏观案"探析——兼论诗人高启[J].苏州大学学报,2005(4):72-75.
⑤ [清]朱彝尊.静志居诗话(卷四)[M].北京:人民文学出版社,1990:94.
⑥ [明]陆容.菽园杂记[M].北京:中华书局,1985:33.

太祖尝微行京城中,闻一老妪密呼上为老头儿,大怒。至太傅家,绕室而行,沉吟不已。时太傅在外,夫人震骇,恐有他虞,惶恐再拜曰:"得非妾夫达负罪也?"帝曰:"嫂,非也,勿以为念。"亟传令召五城兵马司总诸军至.曰:"张士诚小窃江东,吴民至今呼为张王,吾为天子,此邦呼为老头儿,何也?"即命籍没民家甚众①。

从太祖内心深处来讲,吴中百姓对张士诚所怀有的深厚感情,是他所不愿意见到的。吴中人民对张士诚的拥戴,一方面不利于大明王朝的统一治理,另一方面有损于太祖的帝王尊严。因此,无名老妪一句"老头儿"的称呼,便引来了籍没抄家的灾难。

在洪武时期苏守前后三十人中,魏观于洪武五年(1372)上任。魏观为老臣,深得太祖信任,时年已六十五岁。在苏州任上,招纳贤才,修订经史,制礼作乐,人才济济,政绩颇著,深得民心,以至洪武六年(1373)被百姓留任。然而,如果比较元末张士诚在群雄征战时期招纳四方贤俊,筑"宾贤馆"②、士民归附的情景,魏观的做法与其是非常相似的。洪武七年(1374),魏观在张士诚宫殿旧址上修建府治。《明史·魏观传》:"初,张士诚以苏州旧治为宫,迁府治于都水行司。观以其地湫隘,还治旧基。又浚锦帆泾,兴水利。或潜观兴既灭之基,帝使御史张度廉其事,遂被诛。"③这一系列的举措引起太祖忌讳与猜疑是必然的。朱元璋深为忌讳吴中张士诚政权,魏观招贤纳才与"还治旧基",被视为"兴既灭之基",触发了疑忌与杀机。

清人赵吉士《寄园寄所寄》卷六有同样性质的一则材料,亦可佐证:

旧内在今应天府之所。高皇建大内宫殿既成,迁居之,旧内虚焉。他日召中山王饮,乐甚,即以是第赐之,中山拜谢而去。上乃夜命工作

① [明]徐祯卿.翦胜野闻[M].济南:齐鲁书社,1997:129.
② [明]杨循吉.吴中故语·说郛三种(第九册)[M].上海:上海古籍出版社,1992:680.
③ [清]张廷玉.明史(卷一百四十)[M].北京:中华书局,1974:4002.

小说及其他篇

匾,刻"旧内之门"四字,厥明将往悬之,未及行,而中山辞表至矣,上悦①。

将相臣子入住王府宫殿,即为僭越,是朱元璋所不能容忍的。徐达尚且如此,何况魏观。魏观因修建府治,连同高启、王彝被杀,是太祖对吴中地区猜忌的一次爆发。这一场发生在吴中地区的政治杀戮,可以看作是至正二十七年(1367)吴中二十万人谪徙临濠的延续,也是后来洪武二十四年(1391)起取苏松人填实京师的过渡。

(二)直接触犯严刑苛法

明初太祖惩元政废弛,刑用重典。法令的建设从灭除陈友谅时已经开始,吴元年(1367)正式命陶安主持撰写明律令,洪武六年(1373)更定《大明律》。《明史·刑法志》:"洪武六年冬十一月受诏,明年二月书成。篇目一准于唐"②,由刑部尚书刘惟谦主持修订。刘惟谦在《进明律表》中说:"每一篇成,辄缮书上奏。揭于西庑之壁,亲御翰墨为之裁定……圣虑渊深,上稽天理,下揆人情,成此百代之准绳。"③《大明律》在吴元年草创的基础上,经朱元璋亲自裁定,基本定型。此后修订,内容变化不多。

明初征辟制度,只限朝廷征召,"无辟举之例",《大明律》有明确规定,其"大臣专擅选官"条曰:

> 凡除授官员,须从朝廷选用,若大臣专擅选用者斩。若大臣亲戚,非奉特旨不许除授官职,违者罪亦如之。其见任在朝官员面谕差遣及改除,不问远近托故不行者,并杖一百,罢职不叙④。

---

① [清]赵吉士.寄园寄所寄[M]//顾廷龙,傅璇琮.续修四库全书(第1196册).上海:上海古籍出版社,2002:97.

② [清]张廷玉.明史(卷九十三)[M].北京:中华书局,1974:2281.

③ [明]刘惟谦等.大明律(卷首)[M]//四库全书存目丛书编纂委员会.四库全书存目丛书(史部276册).济南:齐鲁书社,1996::470-471.

④ [明]刘惟谦.大明律(卷二)[M]//四库全书存目丛书编纂委员会.四库全书存目丛书(史部276册).济南:齐鲁书社,1996:524.

不许臣下辟除官员僚属，这是明代除授官吏"无辟举之例"的具体条例。陆容《菽园杂记》评价道："本朝政体，度越前代者甚多……前代重臣得自辟任下僚，今大臣有专擅选官之律。"①单与前宋元时期相比，据《钦定续文献通考·辟举》所列，其时对辟举虽有严格限制，然偶尔仍得以实行："淳祐十一年，中书省乞辟校勘检阅等官，从之"；"景定二年，诏有连年阙正官处许监司选辟"；"三年，诏安丰六县升为军令，沿江制司，选辟军使一次，以道里迢遥边鄙险要故也"。元时亦偶许州县自辟②。

　　《大明律》此条律令的制定，与太祖向来的极权控制有着密切关系。朱元璋在元末群雄争战时期，所到之处广招人才，但决不允许部属将官私自蓄养人才，自辟幕属。刘辰《国初事迹》说："太祖于国初所克城池，令将官守之，勿令儒者在左右论议古今。止设一吏管办文书，有差失罪独坐吏"；"太祖所克城池，得元朝官吏及儒士尽用之，如有逃者处死，不许将官擅用。"③太祖极为重视权力的独揽，对臣下私用儒生极为忌讳。《明史·廖永忠传》："及大封功臣，谕诸将曰：'永忠战鄱阳时，忘躯拒敌，可谓奇男子。然使所善儒生窥朕意，徼封爵，故止封侯而不公'。"④据吴晗所论，太祖至亲骨肉朱文正、李文忠皆死于亲近儒生："朱元璋亲侄朱文正以'亲近儒生，胸怀怨望'被鞭死"；"义子亲甥李文忠，十几岁便在军中，南征北战，立下大功，也因为左右多儒生，礼贤下士，有政治野心被毒死。"⑤对于朱元璋的外甥李文忠，《明太祖实录》有评价："文忠性沈厚，持身诚恪，有谋虑。临阵常身先士卒，至遇大敌，胆气益壮，每战胜必以功推下。及释兵，家居恂恂若儒者。其在上前论事尽诚无隐，上多嘉纳之。好儒重士，器量闳雅。在金华时，常师叶仪、范祖干讲学。"⑥对于其德行、品行记载详细，但为尊者讳，并未涉及太祖猜忌之事。清人作的《明史·李文忠传》则较为客观："文忠器

　　① ［明］陆容.菽园杂记［M］.北京：中华书局，1985：13-14.
　　② ［清］乾隆.钦定续文献通考（卷四十五）［M］//［清］永瑢，纪昀，等.文渊阁四库全书（627 册）.上海：上海古籍出版社，1987：287-288.
　　③ ［明］刘辰.国初事迹［M］//四库全书存目丛书编纂委员会.四库全书存目丛书（史部第 46 册）.济南：齐鲁书社，1996：11-12.
　　④ ［清］张廷玉.明史（卷一百二十九）［M］.北京：中华书局，1974：3806.
　　⑤ 吴晗.朱元璋传［M］.哈尔滨：北方文艺出版社，2009：173.
　　⑥ ［明］胡广等.明太祖实录（卷一百六十）［M］.南京：中央研究院历史语言研究所，1962：2483.

量沉宏，人莫测其际。临阵踔厉风发，遇大敌益壮。颇好学问，常师事金华范祖干、胡翰，通晓经义，为诗歌雄骏可观。初，太祖定应天，以军兴不给，增民田租，文忠请之，得减额。其释兵家居，恂恂若儒者，帝雅爱重之。家故多客，尝以客言劝帝少诛僇，又谏帝征日本，及言宦者过甚，非天子不近刑人之义。以是积忤旨，不免谴责。"①这里客观上说出了太祖猜忌的原因，文忠不但武略出众，且通经义，亲近儒生，甚得人心，于府邸多招揽宾客，尝以"客言劝帝"。诚然，据《明史·朱廉传》，李文忠守严州时，注意收纳文人，儒士朱廉曾被其延为钓台书院山长②。太祖深知儒士谋略的重要作用，为了控制将官，决不允许他们自行辟属儒生，以免形成各自为政、难以控制的局面。太祖的这种做法，在洪武初年《大明律》中用律法形式予以了明确规定。

魏观延请高启、王彝等修订经史，明礼教化，一时影响较大。高启、王彝等人游幕于魏观门下，实属魏观私辟幕僚。朱元璋前有不许将官亲近儒生之例，此时更有《大明律》不允许州府自辟幕属的律令规定，魏观所为，触犯了"大臣专擅选官"之律。

当时魏观招纳贤才，非止高、王二人，但在"魏观案"中，随魏观被杀的却只此二人。究其原因，魏观在修府治、浚河道时，高、王二人为其歌功颂德③，触犯《大明律》中"上言大臣德政"条，被疑为结党之罪。《大明律》曰：

> 凡诸衙门官吏，及士庶人等，若有上言宰执大臣美政才德者，即是奸党，务要鞫问，穷究来历明白，犯人处斩，妻子为奴，财产入官。若宰执大臣知情，与同罪。不知者不坐④。

门吏士庶不可歌颂宰执大臣才德美政，否则处以极刑。魏观虽不为宰执大臣，然在苏州知府任上，"课绩为天下最"，盛名难掩。洪武七年（1374），高启为

① [清]张廷玉.明史（卷一百二十六）[M].北京：中华书局，1974：3745-3746.
② [清]张廷玉.明史（卷二百八十五）[M].北京：中华书局，1974：7320.
③ 左东岭.高启之死与元明之际文学思潮的转折[J].北京：文学评论，2006(3)：101-109.
④ [明]刘惟谦等.大明律（卷二）[M]//四库全书存目丛书编纂委员会.四库全书存目丛书（史部276册）.济南：齐鲁书社，1996：538.

元明戏曲小说研究

魏观新修府治写下《上梁文》。《上梁文》今已不存,但仍存其上梁诗《郡治上梁》:

> 郡治新还旧观雄,文梁高举跨晴空。南山久养干云器,东海初升贯日红。
>
> 欲与龙廷宣化远,还开燕寝赋诗工。大材今作黄堂用,民庶多归广庇中①。

诗歌气势宏大,感情充沛,对魏观德政赞颂备至。王彝所作《获佳砚颂》对魏观亦有歌功颂德之意。高启、王彝向与魏观关系近密。之前,高启曾为魏观母亲作《魏夫人宋氏墓志铭》曰:“公昔掌国史,启尝为其属,今又居公之野,辱以先铭是属,不敢当然亦不敢辞也。”②魏观德高望重,高启对其推重甚至。王彝曾为魏观诗集作序,对魏观为人及为诗都推崇备至:

> 盖公之为人,所以成其学者,方正而渊懿;所以达其材者,廓大而宏伟;所以存其心者,轩辟而洞达;所以养其气者,雄深而淳庞。故其发而为诗也,有含涵蓄积之量,有蜿蜒旁礴之态,有从龙上下泽润万物之化,若蒲首山中之出云者然③。

吕勉《槎轩集本传》云:“寻有张度御史来,微行廉其迹,以先生尝为撰《上梁文》,王彝因浚河获佳砚为作颂,并目为党。”④高启、王彝前拒朝廷征辟却依于魏观,此时大赞魏观德政,违犯明律,难免有结党营私之嫌,以太祖雄猜好杀和执法果断的个性,足以招致杀戮之祸。

深入考察高启之死与魏观案的发生,至少有两点关键因素:一是知府魏观

---

① [明]高启.高青丘集[M].上海:上海古籍出版社,2013:657.

② [明]高启.高青丘集[M].上海:上海古籍出版社,2013:957.

③ [明]王彝.王常宗集(卷二)[M]//[清]永瑢,纪昀,等.文渊阁四库全书(第1229册).上海:古籍出版社,1987:406-407.

④ [明]高启.高青丘集[M].上海:上海古籍出版社,2013:996-997.

在张士诚旧址修建府治，触犯了朱元璋对吴中地区的心理敏感和警惕；二是魏观招贤纳才，触犯了"大臣专擅选官"之律，而高启、王彝作《上梁文》及《获佳砚颂》又触犯了"上言大臣德政"之条，因此被视为结党谋反，招致杀戮。魏观案是多种因素综合作用的必然结果，高启惨遭杀戮便不可避免。

结语

洪武时期征辟制度的推行，是明初政治制度的一部分，关系到元末明初大批文人的命运。征辟制度背景下高启命运遭际的探讨，可以从一个方面显现洪武初年文人与朱元璋政权的关系。洪武早期征辟，尚能以古礼币帛相征，礼遇有加，有汉代遗风。杨维桢是一个显例："洪武二年，太祖召诸儒纂礼乐书，以维桢前朝老文学，遣翰林詹同奉币诣门。维桢谢曰：'岂有老妇将就木，而再理嫁者邪？'明年复遣有司敦促，赋《老客妇谣》一章进御，曰：'皇帝竭吾之能，不强吾所不能则可，否则有蹈海死耳。'帝许之。赐安车诣阙廷，留百有一十日，所纂叙例略定，即乞骸骨。帝成其志，仍给安车还山。"①与此同时，高启等大批文人也应朝廷征召而来，或得以授官，或受赐而还得以全身而退。由于新朝急需用人的客观情势，朝廷加大征召力度，部分文人又去而复返。洪武六年（1373）前后，是太祖征辟政策的转折点。时诏罢科举，专行征辟（察举），且文人进退之间失去了较大自由。岭南文人王佐"性不乐枢要"，但"时告者多获重谴"，迁延两年，方得身退。以至于洪武九年（1376），叶伯巨上书，指斥朝廷待士刻薄与士人生存状态的恶化：

古之为士者，以登仕为荣，以罢职为辱。今之为士者，以溷迹无闻为福，以受玷不录为幸，以屯田工役为必获之罪，以鞭笞捶楚为寻常之辱。其始也，朝廷取天下之士，网罗捃摭，务无余逸，有司敦迫上道，如捕重囚。比到京师，而除官多以貌选，所学或非其所用，所用或非其学。洎乎居官，一有差跌，苟免诛戮，则必在屯田工役之科。率是为常，不少顾惜②。

---

① [清]张廷玉.明史（卷二百八十五）[M].北京:中华书局.1974:7309.
② [清]张廷玉.明史（卷一百三十九）[M].北京:中华书局.1974:3991-3992.

文人被征,"如捕重囚",生存处境堪忧。洪武中期以后,太祖对功臣、奸贪,杀戮频发,对文人更失去了耐心。洪武十八年(1385)编订《大诰》,中有"寰中士夫不为君用"条,强使在野文人出仕为官,为朝廷所用,以法律的方式将朝廷意志转化为社会行为规范,断绝了文人传统的"独善其身"的隐逸之路。

　　从征辟制度的具体实施来看,明初文人与洪武政权的关系经历了从最初的迎合、融洽,到最后剑拔弩张、血腥杀戮的历史演变过程。高启于洪武七年(1374)被杀,正处在两者不同关系的转折点上,具有典型和标志性的意义。

后记

这本书是本人这些年读书、学习、研究的一个总结,时间跨度长,涉及的研究范围也较广。从研究生阶段着眼于古典戏曲、小说的赏读研究,到工作之后教学之余的科研工作,一直关注着这样一个领域。在古典戏曲研究方面,以《太和正音谱》的研究为中心,对元代戏曲进行了初步的探讨,对明初戏曲理论及创作进行了较为全面的观照。作为较早进行《太和正音谱》研究的人员之一,所作文章如《朱权的曲学观》《"杂剧十二科"分类特征》等被一些著作收录和参考。在古典小说研究方面,对明初文言小说家李昌祺及其创作,进行了较为深入的研究;还涉及"三言二拍"等白话小说的文化研究等方面。虽然取得了这样一点成绩,但自觉见识水平不能与大家比肩,每思及此,唯有努力精进,方能不负初心,不负前辈。此书的出版,是这些年在古典戏曲小说领域研究的一个总结和回顾。回望来路,是为了更好地远行。春时花已放,结实或可期。

我之所以能进入戏曲小说研究之门,得益于兰州大学我的导师赵建新先生。"求道莫先于得师",赵建新先生引领我从懵懂入于深思,特别是沉浸于古典戏曲领域的学习研究之中。在其指导下,我完成了《太和正音谱》的初步研究。毕业后原定继续深入《太和正音谱》的文献整理与发掘,奈何近年来进展不多,仅有此书,聊作小结,并以此感谢我的导师赵建新先生。感谢扬州大学我的博导许建中先生,从更深更高层面引领我进入学术之门。人生的路程是不断攀升的台阶,遇到诸位先生提携、扶掖,如飞鸟之添翼,如帆船之送风,幸甚至哉!

回想来到黄淮学院工作,倏忽已十余年。黄淮学院从初建本科,到今日蒸蒸日上;我自己也完成了博士学业,忝为副教授之列。我和学院共同见证了彼此的成长,感谢黄淮学院让我成长为一名真正的教师,感谢所在文化传媒学院(前身为中文系),给了我一个团结奋进、充满活力的工作环境和生活环境。

元明戏曲小说研究

最后，感谢郑州大学出版社的编辑老师们，是他们一遍遍审稿、校对，付出了辛劳的汗水，保证了稿件的质量，使得拙作最终得以出版。

书山有路，学海无涯，愿每一个与书香为伴的清晨与黄昏，都有一份沉静与从容。

是为记。

闵永军

二〇二〇庚子年春于九畹书斋

后记